AURORE

Jean-Paul Enthoven est né le 11 janvier 1949. Après des études de droit, de philosophie et de sciences politiques (IEP de Paris), il devient assistant puis maître-assistant en sciences politiques à l'université de Paris I. En 1975, il entre au *Nouvel Observateur* où il s'occupe des « Grands Entretiens ». Peu après, Jean Daniel lui demande de rejoindre le service littéraire de ce même journal et il publie des chroniques régulières sur les essais. Quelques années plus tard, en 1983, il prend ses distances avec le journalisme pour se consacrer à l'édition et, plus particulièrement, au département « Hachette-Littérature » dont on lui confie la direction. Il rejoindra l'équipe Grasset en 1986 avec le titre de directeur éditorial – poste qui jusqu'à ce jour, est toujours le sien. En 1993, il interrompt sa collaboration avec le *Nouvel Observateur* pour devenir conseiller de la direction du *Point*. De plus, il dirige la collection « Biblio-Essais » au Livre de Poche et il est l'auteur d'un essai, *Les Enfants de Saturne* (1996 – Prix Valery Larbaud 1997). *Aurore* est son premier roman. Il a obtenu le prix Europe1 2001.

JEAN-PAUL ENTHOVEN

Aurore

ROMAN

GRASSET

Pour G.

« Quoi qu'il en soit, l'amour, même en ses plus humbles commencements, témoigne du peu qu'est la réalité pour nous. »

MARCEL PROUST *(Albertine disparue)*

– 1 –

Avant de rencontrer Aurore, je ne savais pas que l'amour était un lent processus d'anéantissement. Et je ne savais pas davantage, avant qu'elle ne me l'apprît, qu'il y avait, au terme de ce processus, un miroir dans lequel le hasard impose de s'observer, puis de découvrir avec dépit qui l'on est. Ce fut, dans mon cas, une intoxication méticuleuse. Une noyade. Un enchevêtrement de chaînes mentales, de causes et d'effets, dont l'ensemble précipita des événements où je me suis cru subjugué par un ennemi habile alors que j'y étais mon seul tyran.

Certains prétendent que, dans cette expérience, on meurt utilement, et afin d'accéder à un destin mieux accompli. Ils se trompent. Ou ils mentent. Car j'ai pu vérifier, à la faveur d'une histoire singulière, que l'amour n'impose que la compagnie d'une part inutile de soi-même. Et que l'on s'y mesure à une déchéance qui aurait pu, aussi bien, en choisir un autre.

Cette déchéance, que j'ai d'abord accueillie sans déplaisir, ne mérite aucun égard. Elle est cruelle, orgueilleuse, détestable. Elle trouve sa source dans des arrière-mondes où il vaut mieux ne pas s'attarder. C'est un mauvais maître dont le pouvoir tient à l'avidité de celui qui lui réclame sa dose d'humiliation. Est-il même indispensable, après tout, de découvrir qui l'on est ? Et n'y a-t-il pas plus de joie à se méconnaître, et à se perdre de vue ?

Avant de rencontrer Aurore, je n'avais, de moi-même, qu'une perception vague mais heureuse. J'avançais à mon rythme. Je posais sur les êtres et les choses un regard indifférent. J'étais inachevé, mais une vie m'attendait dans cet inachèvement. Je ne savais pas, à cette époque, que l'amour dévore par prédilection ceux qui exigent chacun des supplices qu'il promet.

– 2 –

Je me souviens encore, comme d'un songe, des quelques jours que nous avions passés au Grand Hôtel. Quelques jours intenses et déconcertants au début de l'été. Peu de touristes. Un décor propice aux émotions. Une atmosphère de soleil et d'indolence. Les mouettes flottaient, parmi des parfums de sel, au-dessus du golfe de Rapallo. Aurore était fatiguée par un long voyage en voiture. Nous partagions en silence toutes sortes de pressentiments.

Je connais bien la saveur de ces jours immobiles où tout peut advenir. Où l'on accepte, d'un même cœur, le contentement et la crainte de sa brièveté. Où chaque perception, chaque espérance, hésite sur un chemin de crête. D'un côté, l'allégresse. De l'autre, l'incertitude. Je ne m'attendais pas à trouver là ce climat de sensations instables qui, à la fois, excitent et embrument l'esprit. Dans ces moments, on ruse toujours avec un bien-être qui se dérobe, et qui revient dès qu'on y renonce, et qui s'échappe encore dès qu'on le tient.

J'ai senti tout de suite, en arrivant dans cet hôtel, qu'il me faudrait composer avec un ensemble d'équilibres fragiles. Distance et proximité. Exaltation et lassitude. J'avais besoin de retrouver Aurore sur un territoire neuf. Loin de Paris et de tout ce qui, depuis six mois, nous y avait usés. Cet hôtel, nous l'avions découvert par hasard, en longeant la côte. Il ressemblait à une meringue incrustée de rotondes et de cyprès. On nous y proposa une chambre dont le balcon dominait un petit port. Partout, un ciel rapide, des fauteuils d'osier, des murs de pierres sèches, le charme régulier de la mer. A première vue, c'était parfait.

Chaque matin, j'observais son visage avant qu'il ne s'éveille. Et ce visage, dans la pénombre, me parvenait comme un masque d'innocence dont la lumière s'emparait pour y inscrire des expressions qui me le rendaient, à mesure, plus lointain. Je m'étais alors persuadé que l'âme vraie d'Aurore ne se distinguait pas de ce visage endormi. J'observais ses yeux clos, son menton, sa bouche rose et entrouverte. Cet assemblage de peau et de formes promises à la flétrissure me captivait. J'y déchiffrais déjà toutes mes raisons de vivre et, dans le même temps, tout ce qui m'empêchait d'explorer légèrement la vie. A ce visage, à son mystère, je devais ma plénitude mais, aussitôt, l'impossibilité d'accéder à la plénitude plus sereine qui me semblait due. Chaque matin, à la faveur d'un décret indiscutable, Aurore régnait sur la plupart des sentiments qui, en moi, aspiraient à un peu de servitude. Elle en disposait à sa guise. Je jouissais de ma faiblesse comme d'un plaisir nouveau.

Elle dormait encore lorsque je quittais notre chambre pour aller vers le port et sa plage toute proche. La mer est fraîche sur cette côte d'Italie, j'y nageais avec délice, Aurore me rejoignait à l'heure où les marins revenaient de leur pêche. D'aussi loin que je me souvienne, j'ai toujours imaginé que mon bonheur en ce monde aurait l'allure d'une femme qui marche au bord de l'eau, et Aurore s'était glissée dans cette image. Le vent jouait vivement avec ses cheveux noirs. J'étais ému par son visage ensommeillé. Par les lèvres qu'elle m'offrait sous le premier soleil. Par ses gestes retenus. Elle se blottissait contre moi. J'avais l'impression de la protéger tout en lui étant soumis. Les mouettes s'agitaient autour des filets, des poissons, des caisses de crabes. Plus tard, sur le port, on nous servait du café et des fruits, et chaque journée commençait ainsi.

– 3 –

Avant de la rencontrer, je ne savais pas que l'amour était un chaos. Un mauvais sort. Une expérience de la solitude. Une combinaison singulière de tourments, de drogues et de désirs qui dérègle l'esprit. Je considérais souvent le destin indigent de ceux qui avaient choisi d'y sacrifier leur vie. J'étais intrigué par leur fébrilité. Par leur panique. Par la monotonie despotique de leur obsession. Je comprenais mal ce qui les retenait dans ce séjour navrant. Et je les plaignais de réclamer leur agonie comme s'il se fût agi d'une extase. Auprès d'Aurore, et en peu de temps, j'avais pourtant cessé de voir les choses sous cet angle. Quelqu'un, dans ma volonté, en avait décidé à ma place. J'avais eu besoin, alors que rien ne m'y obligeait, de me risquer dans un complot organisé contre et par moi-même. De m'y affronter à un ennemi flatteur. La vie, dans ses aspects les plus funestes, s'ordonne ainsi autour des passions qu'on y a d'abord répandues. Et on reçoit comme une fatalité ce qui, de fait, n'est que l'accomplissement d'un désir plus secret.

– 4 –

Aurore vivait à mes côtés depuis six mois mais je la connaissais à peine. Je ne savais rien, ou presque, de ce qu'elle avait vécu avant notre rencontre. J'ignorais tout de sa famille, de ses amis, des hommes qui l'avaient aimée. Ce n'était pas là, de sa part, une volonté de mystère, mais une manière d'être. Souvent, les amants abordent leur passion nouvelle en s'offrant réciproquement le récit de leurs passions anciennes. Avec Aurore, ce fut différent. Si je l'interrogeais pour apprendre ceci ou cela, elle me répondait avec franchise. Je devinais pourtant, autour de ses rares confidences, un ennui qui dissuadait ma curiosité, et je consentis à ne rien savoir d'elle sans que cela me fût même interdit. Je lui avais permis de bousculer ma vie, et de l'envahir, sans me soucier des êtres ou des habitudes dont elle avait dû, pour moi, se défaire. J'aurais pu poser mille questions aux gens qui, l'apercevant à mon bras, croyaient la reconnaître. Mais je n'en avais pas envie. Je tenais, au contraire, à cette opacité. Mon caractère, et sans doute le sien, y trouvaient également leur compte.

Je finis cependant par comprendre qu'Aurore était, malgré sa jeunesse, une femme qui en savait long sur la vie et ses coulisses. Elle avait voyagé. Elle gagnait un peu d'argent en posant pour des magazines de mode. Ses manières étaient d'une personne exercée au luxe. Elle aimait l'opéra, la vitesse, la photographie, les animaux empaillés. Elle avait, de plus, une nature ondoyante dont elle se servait pour être à l'aise en tous lieux. Nul n'aurait pu, en la voyant, en l'écoutant, deviner la provenance de chacun des détails qui lui faisaient une allure si particulière.

Un jour, près de Versailles, et alors que

nous passions devant la boutique d'un fleuriste, elle me confia qu'elle y avait travaillé quelques années plus tôt, tout en posant un doigt sur mes lèvres pour me signifier qu'elle n'en dirait pas plus. Un autre jour, alors que je l'avais amenée à Rome où elle m'assurait n'être jamais venue, je fus surpris de constater qu'elle me guidait dans chacun des quartiers que je croyais lui faire découvrir. Je me souviens aussi de ce jour où elle eut une brève conversation, en polonais, avec un antiquaire qui était venu chez moi pour expertiser quelques bronzes de Barye. Où avait-elle appris cette langue ? Elle me répondit sur un ton évasif. Et, dans ma tête, le fait qu'elle puisse s'exprimer en polonais devint une réalité tout aussi établie que la blancheur de sa peau ou la forme de ses lèvres. J'avais affaire à une femme dont la coquetterie s'entourait de mystère. Il n'y avait rien à y redire. Son charme, à mes yeux, s'en trouva même augmenté par de séduisantes nuances d'ombre.

A Paris, elle habitait un petit appartement, près du Trocadéro, où elle m'interdisait de lui rendre visite. Elle avait besoin d'un refuge, disait-elle. Un endroit pour elle seule quand elle se sentait triste ou boudeuse. J'aurais pu me fâcher devant cette défiance, mais cette fâcherie ne me tentait pas. Aurore trouva, peu après, le moyen de m'apaiser en s'installant chez moi. Elle y apporta ses robes, des perruques, un métronome, un paravent chinois et quelques bijoux. Elle y passait des semaines entières, puis disparaissait soudain, pendant un jour ou deux, en m'assurant que je ne devais pas m'inquiéter. J'avais confiance. Je ne m'inquiétais pas. Et, vite, je pris goût à cette proximité énigmatique.

– 5 –

Personne n'aime un être parce que cet être se présente sous un jour naturellement aimable. C'est, à l'inverse, pour se persuader de l'existence de l'amour, qui propose alors sa drogue supérieure, que l'on prête à cet être, mystérieusement élu, le pouvoir magique qu'il n'a pas réclamé. Et c'est parce que le charme d'Aurore s'autorisa d'abord du désir que j'en avais, et des qualités que mon imagination lui avait attribuées, qu'elle me parut chaque jour plus attachante. Elle recevait mon empressement comme une offrande qui ne la concernait guère. Son indifférence me relançait sans cesse dans une enchère ruineuse.

Or, dès qu'un être devine qu'il occupe cette place dans l'imagination de celui qui l'aime, il n'a plus besoin de ruses ou d'efforts. Il lui suffit d'abandonner l'autre à l'agitation qui en fera une proie facile, et Aurore avait deviné qu'il en allait ainsi entre nous. Elle accepta son privilège d'élue avec étonnement, puis s'y habitua. L'amour qu'elle m'inspirait ne tarda pas à lui paraître aussi naturel qu'un état de choses auquel on ne peut rien.

Elle avait le droit, selon son caprice, d'offrir, de prendre, d'hésiter. Elle décidait de sa tendresse et de son refus de toute tendresse. Elle cédait et s'emportait d'un même élan. Parfois, je la sentais inaccessible. Parfois, elle me semblait acquise. Je laissais faire. J'étais assoiffé de cette eau entre mes doigts. Et ce régime, dont j'aurais dû me lasser, me procura la certitude d'entrevoir une forme d'absolu auquel j'avais renoncé depuis longtemps, mais qui m'éblouissait à nouveau en sa présence. Pendant ces quelques jours au Grand Hôtel, tout fut plus vif. Et toute sensation plus aiguë. Mon corps me séparait à peine d'un univers périlleux. Jamais, je ne m'étais senti moins seul.

– 6 –

Aurore se plut aussitôt dans ce paysage italien. Elle adorait les stucs et les statues de marbre du Grand Hôtel. Elle courait, joyeuse, sur ses escaliers usés qui glissaient à flanc de colline vers le port. Elle avait trouvé, dans ce lieu, la quantité d'apparences qui lui convenait. Une ambiance pour riches. Des allées bordées d'absinthes et d'acacias. Un bar dont les murs étaient recouverts de portraits d'actrices oubliées. Certains soirs, nous observions le ciel depuis la terrasse de notre chambre, et elle chantait des mélodies comme *Qui sas* ou *I don't belong*. C'était le genre de romances qui se rapprochait le plus de sa vision d'un monde en sursis où l'on revendique des ardeurs qui tournent mal. Sa voix devenait plus suave dès qu'elle s'approchait des grands airs d'opéra. C'était une voix claire et joueuse qui, requise par le drame, s'accordait soudain à des inflexions plus graves.

Chacun de ses gestes, sous mon regard, s'accompagnait d'un éparpillement de grâces et m'attachait à des fragments de son corps. J'étais troublé par la finesse métallique de ses mains, par son haleine, par ses jambes, par les grains de sable qui s'accrochaient à ses genoux. J'étais docile à chacun de ses mouvements. Et à son souffle lorsqu'elle s'endormait. Et à sa peau qui, sous le soleil, se prolongeait d'un tremblement d'air semblable à celui qui flotte sur les dunes d'un désert. Je fis, auprès d'elle, ma première expérience d'un sentiment dont j'ignorais tout et qui transfigure chaque parcelle de matière. Si mon esprit avait choisi de s'emballer dans une autre direction, les mains d'Aurore lui seraient peut-être apparues comme des griffes acérées.

– 7 –

A la fin de ce mois de juin, nous avions quitté Paris, dans la soirée, comme on s'échappe d'une fournaise. Je ne sais plus qui, d'elle ou de moi, en avait eu l'idée, mais ce départ s'était imposé dans l'urgence. Il fallait, tout de suite, aller ailleurs, changer d'air, fuir un malaise qui tournoyait depuis plusieurs nuits. Une heure plus tard, nous roulions vers le sud. Nous n'avions aucun but précis. Aurore conduisait. J'allumais ses cigarettes. Je la sentais soucieuse, mais je l'étais aussi, et ce désarroi partagé nous rapprocha avant de se disperser avec la vitesse et le vent. Le matin même, un marchand d'art m'avait acheté une aquarelle de Marie Laurencin qui provenait des collections de mon père. J'avais en poche assez d'argent pour quelques semaines. Inutile de voir plus loin.

Alors que nous arrivions près de Vézelay, elle souhaita y passer la nuit. A côté de la basilique, une auberge nous parut accueillante. On nous y servit un dîner dans la salle à manger déserte et, plus tard, le fracas des cloches, si sonore dans l'air d'été, envahit notre chambre. Cette nuit-là, tandis qu'Aurore dormait, je fus le témoin d'un épisode dont le souvenir, aujourd'hui encore, marque pour moi le véritable commencement de ce qui allait suivre.

Il y avait eu, d'abord, ces gémissements qui me réveillèrent. Aurore rêvait, et son rêve l'agitait sans que je puisse deviner si elle y était heureuse ou tourmentée. Ces gémissements se firent ensuite plus douloureux et, tandis que je tentais d'interrompre ce que j'avais pris pour un cauchemar, Aurore se mit à rire d'une façon que je ne lui connaissais pas. C'était un rire arrogant. Une manière de défi qu'elle lançait dans son sommeil. Finalement, elle ouvrit les yeux et, m'apercevant, elle eut un geste d'effroi, comme si elle se trouvait en présence d'un ennemi. Je m'efforçai de la rassurer. Quand elle eut retrouvé ses esprits, elle se dirigea vers la fenêtre ouverte, et me raconta ce qu'elle venait de vivre.

Dans son premier sommeil, Aurore avait rêvé qu'elle était dans un cimetière, nue, et qu'elle y avait froid.

— Tu avais disparu, me dit-elle, mais je devais t'attendre, et je me suis assise sur une tombe dont le marbre était curieusement tiède...

Elle hésitait à poursuivre. Il me fallut insister.

— Soudain, reprit-elle, des gens ont surgi

de toutes parts, je ne comprenais pas d'où ils sortaient, c'étaient peut-être des morts, ou des ivrognes, et ils étaient nus eux aussi... Ces gens avaient l'air de me connaître, Ils m'appelaient par mon prénom, leurs voix formaient un chœur lugubre, ils s'approchaient... Ensuite, ils ont voulu me caresser. C'était dégoûtant et agréable à la fois...

Elle guettait chacune de mes réactions, mais je n'exprimais rien. Dans son œil, la nuit et la lune avaient versé un reflet jaune.

— A ce moment-là, je t'ai vu derrière eux... Tu voulais me rejoindre, tu voulais m'aider, mais ils t'en empêchaient... Ces gens me caressaient, je ne voyais pas leurs visages, ils avaient des mains brûlantes... Je savais que tu étais en train de me regarder et de souffrir... Et cela m'a procuré un plaisir violent... C'était un cauchemar, mais j'avais envie qu'il dure...

Son récit achevé, Aurore revint s'allonger. Elle prit ma main, s'endormit, et le silence nous enveloppa comme un drap. Ce rêve m'avait troublé. Et, plus encore, le besoin impudique qu'elle avait eu de m'en faire le récit. Je m'étais senti menacé. Une menace hagarde et confuse. Tous les mots que j'aurais pu alors prononcer n'allèrent pas plus loin que mes lèvres. Et ils finirent par se dissoudre dans un grand désordre de sentiments.

– 8 –

C'est le lendemain qu'elle eut envie d'aller jusqu'en Italie, et le ciel se fit plus limpide à mesure que nous descendions vers le sud. Elle chantait. De temps à autre, elle s'arrêtait pour photographier un champ, un tronc d'arbre ou un nuage. Elle voulut, en chemin, m'apprendre les paroles d'un air facile dont le refrain disait *« tengo miedo de morir sin tí »*. On eût dit, en entendant nos voix tressées au même chant, que nous étions insouciants et heureux comme des amants bénis.

Après la frontière, nous nous étions retrouvés sur une route de corniche, pénible et encombrée, avec une succession rapide de virages et de tunnels. Il fallait, sans cesse, s'adapter à l'obscurité puis à la lumière, et plonger à nouveau dans l'obscurité. De chaque côté, des ravins et des falaises avec, au loin, l'horizon en feu. Un mauvais réflexe, une négligence, et nous risquions de nous écraser sur les rochers en contrebas. Aurore était pourtant excitée par cette route dangereuse. Elle s'accrochait à son volant, elle riait, elle poussait des petits cris de peur comme si nous jouions sur des montagnes russes. Ce relief escarpé était à son goût. Il lui permettait d'injecter de l'imminence dans chacun des instants qu'il eût été si facile de vivre comme s'ils n'annonçaient rien. Cette succession d'ombres et de lumières, ces éblouissements ponctués de tunnels, ce danger toujours proche, me renvoyèrent à la vie que nous menions depuis six mois, et dont le rythme imprévisible m'avait exalté et épuisé. Nous en étions arrivés, elle et moi, à ce point d'intensité fragile qui guette les amants. Saurions-nous le dépasser ? Etait-ce déjà, pour nous, le début d'un rassasiement et d'un reflux ?

– 9 –

Personne, jusque-là, ne m'avait ému avec autant de précision. Comme si Aurore avait su atteindre, en ignorant qu'elle le savait, une région inscrite au plus profond de ma nature, et où nul n'avait pénétré avant elle. En cela, elle me tenait. Chaque plaisir me paraissait fade et vide dès lors qu'il ne me procurait pas la qualité d'insatisfaction que je ne devais qu'à elle. Et elle s'était insinuée en virtuose dans ce dispositif. Elle y renversait tout un ordre ancien. Comme le conquérant qui saccage par négligence les édifices désormais vulnérables du pays qu'on lui offre.

Bientôt, ma lucidité ne me protégea plus. Il n'y eut plus de distance entre mes émotions et ce que j'en exprimais. Et j'exprimais si volontiers ces émotions que je ne tardais pas à les éprouver avec un surcroît d'intensité. Je courais après des sentiments dont l'existence se déduisait de ma hâte à les accueillir. Mes habiletés, mon expérience, mes prudences, passèrent, une à une, dans le camp adverse. Leur trahison ressemblait à la débâcle d'une armée infidèle.

Elle m'embrassait parfois avec la fougue d'une femme qui m'aurait aimé depuis toujours. Mais cette fougue ne durait pas. Elle se transformait très vite, et Aurore s'exilait dans une attitude hautaine, presque méprisante, comme si elle devait s'affranchir sans tarder de sa brève concession à la ferveur. D'un mot, d'une distance soudaine, elle me reprenait alors ce que je croyais avoir obtenu. Il ne me déplaisait pas d'être privé d'une saveur inaccessible et, par là même, intacte.

J'avais décidé de prendre les choses comme elles viendraient. Ma passion y trouvait même un aliment nouveau, un aiguillon d'inquiétude, qui lui procurait des sensations plus fortes à l'instant où un excès de bien-être aurait pu l'amoindrir. Pourquoi cette passion, en moi, avait-elle choisi de ne s'éprouver qu'au travers de défections brutales ? Je l'ignore. Mais j'étais ainsi fait.

J'avais cependant l'intuition que cette débauche d'élans et de dérobades ne pouvait durer. Aurore avait imposé à notre histoire une accélération trop violente. Et elle agissait de telle sorte que le passé et l'avenir nous étaient également interdits. Nous étions assignés, par ses humeurs changeantes, au seul temps que nous vivions ensemble. Sans cesse, il me fallait guetter un désir moins sincère, un soupir, un mauvais coup. Je ne dormais que d'un œil. Je la sentais rebelle jusque dans ses acquiescements. En quelques mois, elle m'avait figé dans un rôle de partenaire nerveux et indécis. J'aurais voulu trouver la ruse qui m'eût permis de garder à jamais cette femme. Et j'aurais voulu trouver la force de m'en détacher sur-le-champ.

– 10 –

Certains êtres attirent la passion comme certains objets attirent la foudre. Ces êtres, par vocation, reçoivent leur magnétisme d'une aptitude particulière à s'échapper, à déjouer toute intention de capture, à se placer hors d'atteinte dès que l'on tente de les emprisonner dans un désir ou un sentiment. Ce qui aimante, chez eux, c'est leur façon d'exprimer une plénitude qui ne s'encombre pas des émotions qu'ils inspirent et dont on voudrait qu'ils tiennent compte. Par une faveur injuste, ces êtres se suffisent à eux-mêmes tandis que les autres, pour une raison inverse, brûlent à leur contact et n'aspirent qu'à se compléter de leur existence. Ils donnent l'impression que le destin les a remplis et ceux qui s'en éprennent se croient inachevés tant qu'ils ne se sont pas approprié leur mobilité. On se vide alors en eux comme une zone de basses pressions se vide irrésistiblement dans une zone de hautes pressions, et c'est ce balancement presque climatique, cette déperdition d'un moi vide dans un moi plein qui, m'a-t-il souvent semblé, définit au plus près le mystère d'une passion. Aurore m'échappait, je me lançais à sa poursuite, elle était la dépositaire d'une félicité dont j'avais besoin et que le hasard me désignait à travers elle. L'amour, dans sa variante la plus destructrice, veut débusquer, à travers la finitude d'un être, l'infini qui lui est nécessaire et qui, sans doute, n'existe pas. C'est pour cela qu'il est d'abord une promesse d'échec.

– 11 –

Il y avait eu, aussi, cet épisode étrange dans une église de Rapallo où nous étions entrés en fin de journée. Le visage d'Aurore, inexplicablement sombre depuis notre déjeuner, s'était adouci sous la lumière dorée des vitraux qui détaillaient le martyre de quelques saints. Près d'un autel, se dressait, naïve et froide, la statue d'une Marie-Madeleine au sourire mièvre. Aurore s'en approcha, puis s'agenouilla, mains jointes. Elle avait recouvert ses cheveux d'une dentelle dont elle enveloppa bientôt son visage, comme s'il lui fallait se retirer du monde. De loin, j'observais avec étonnement ce rite qui lui convenait si peu. Quelle comédie me jouait-elle ? De quelle foi voulait-elle me donner la preuve ? Quand elle se releva, des larmes coulaient pourtant sur ses joues. Et je compris qu'elle avait mis un peu d'elle-même dans cette piété inattendue.

Elle était silencieuse en sortant de l'église et, dès que nous fûmes sur le parvis, elle m'entraîna à l'écart, vers un jardin où quelques vieillards en deuil attendaient un office. Là, elle m'embrassa. Elle glissa ses mains sous ma chemise. Elle voulut me caresser avec une avidité à laquelle elle ne m'avait pas habitué et qui nous valut quelques commentaires indignés. J'ai pensé, sous ses baisers, qu'aucune femme ne me paraîtrait jamais plus imprévisible. Et, tout à la passion de m'abuser, je me dis que l'amour, qui avait tant tardé à agiter ma vie, était bien la seule réalité céleste d'un univers misérable.

Aurore triomphait toujours de sa fragilité par une audace. C'était sa façon d'échapper aux désarrois qui, sans cela, l'auraient affaiblie, et elle répétait volontiers qu'elle n'avait pas les moyens d'être faible. Je me sentais si proche de cette manière d'être que, dans ces moments, je me croyais épié par moi-même à travers ses propres yeux. Auprès d'elle, j'étais emporté. Mais cet emportement ne se nourrissait pas de ma seule crédulité. J'estimais, au contraire, qu'il me fallait du courage pour céder à sa puissance, et pour consentir en son nom à l'effacement d'une identité dont je n'avais plus que faire. Dans cet amour, je mourais à moi-même. J'y devenais une créature éblouie et stupide. Comme celles qui, sur les icônes, ont le visage vide qui dit leur abandon entre les mains de Dieu.

– 12 –

Le soir même, au Grand Hôtel, Aurore se prépara avec un soin particulier. Lèvres peintes. Epaules de guerrière. Cou gracile et tendu d'animal aux aguets. Cette femme, en quelques heures, s'était détachée de celle qui pleurait dans l'église de Rapallo. Et de celle qui, sur la plage, venait chaque matin à ma rencontre. J'étais conquis par ces métamorphoses foudroyantes qui, chaque fois, me donnaient l'impression que je m'étais épris d'un être innombrable. Pendant le dîner, elle fut charmante et volubile. Elle fit des projets. Elle voulait prendre des cours de chant, voyager, recevoir des amis. Elle prétendit que son bonheur dépendait désormais du mien et cette déclaration, qui me parut vraisemblable, acheva de me désarmer. Je remarquai à peine qu'elle avait mis ses yeux de nuit. Des yeux très durs. Comme si l'on y avait versé, avec les fards, du métal fondu. Et j'aurais pu deviner que ces yeux me regardaient sans me voir. Ou plutôt, qu'ils voyaient, à travers moi, un avenir où je n'étais pas.

Ce soir-là, tout me laissa pourtant croire qu'Aurore avait choisi d'être heureuse. Elle me proposa d'aller à Spolète pour y entendre une *Traviata*. Elle souhaita que notre liaison devînt moins clandestine, que je me montre officiellement à son bras devant les quelques personnes qui avaient de l'importance pour moi, et que je ne voyais plus depuis qu'elle occupait tout mon temps. Elle me jura qu'elle agirait de même. Désormais, nous étions assez proches pour renoncer à de vaines méfiances.

Après le dîner, elle décida de chanter. Le pianiste du bar lui tendit un micro et joua, à sa demande, les premières mesures d'un air cubain qu'elle interpréta avec un charme malicieux. Le public était ravi. Un Américain, qui avait trop bu, se leva pour porter un toast en son honneur, puis il exigea que tous les convives lui lancent les roses qui décoraient leurs tables. Chacun m'enviait cette femme. J'étais fier de la posséder et de lui appartenir. Je n'avais jamais goûté le bonheur d'aussi près.

– 13 –

Puis tout alla très vite. Comme si, après la lenteur de ces jours, et après la douceur de cette soirée, le sort avait choisi de bousculer les choses.

Cette nuit-là, Aurore avait fait preuve d'une ardeur inhabituelle. Et cette ardeur me désignait un amour que rien ne pouvait menacer. Je glissais sur un fleuve dont le flot miroitant dissimulait le grondement d'une cascade.

Plus tard, alors que je l'attendais sur la plage, elle ne vint pas à ma rencontre. Et elle n'était pas sur le port lorsqu'on me servit du café et des fruits. Mais nous avions peu dormi cette nuit-là, et elle s'était peut-être attardée sur une terrasse.

A mon retour, le directeur de l'hôtel m'accueillit avec de grands gestes navrés. Il m'apprit qu'Aurore était partie pendant que je nageais. Partie? Oui, avec ses valises. Avait-elle laissé un message? Non, pas de message. Elle lui avait d'abord confié une enveloppe pour moi, mais elle s'était ravisée au moment de monter dans le taxi qui devait, me dit-il, la conduire à l'aéroport de Gênes, et elle l'avait reprise en prononçant des paroles qu'il n'avait pas saisies.

Craignant un scandale, le directeur voulut s'excuser et me plaindre. Il crut bien faire en ajoutant qu'Aurore avait un air égaré.

Dans notre chambre, je ne trouvai qu'un lit encore tiède, le désordre qui signalait un affolement et, flottant dans ce décor muet, les odeurs de notre nuit. Dans sa hâte, elle avait oublié son appareil photo, un foulard et quelques bracelets.

Il me fallut plusieurs heures pour admettre qu'Aurore était vraiment partie. Je fis donc semblant de l'attendre au bar de l'hôtel, puis parmi les pêcheurs et les mouettes. Vers midi, l'Américain de la veille m'aperçut et voulut engager la conversation. Il venait de Miami. On échangea quelques mots et il finit par s'éloigner en me tapant amicalement sur l'épaule. Sa sympathie discrète me réconforta.

Ce fut ensuite une longue journée de colère, d'abattement et d'angoisse qui, avec le soir, se confondirent dans la même affliction.

Un peu avant la nuit, je compris qu'Aurore

ne reviendrait pas. Et, à mon tour, je quittai le Grand Hôtel.

– 14 –

Une tradition mystique affirme que Dieu, à l'origine, s'est retiré du monde pour que les hommes, déconcertés par ce vide, s'avisent de l'espace infini qu'il y occupait. Il en va de même avec l'amour qui se nourrit de divinités enfuies et révélées par leur absence. En disparaissant, à l'instant où je ne m'étais jamais senti plus proche d'elle, Aurore prenait dans mon cœur une envergure démesurée. Rien ne m'avait préparé à cette épreuve. Je ne connaissais même pas le nom des démons qu'il me faudrait y rencontrer.

– 15 –

Je croyais cependant qu'une part de moi serait soulagée de la perdre. De retrouver l'humeur égale qui m'habitait avant qu'elle ne la perturbe. De se réconcilier enfin avec des habitudes d'indifférence heureuse. Mais, dès que je repris la route de Gênes, je sentis qu'il en irait autrement. Une solitude, plus vaste que toutes celles qui m'avaient approché jusque-là, m'empoigna sans ménagement. Elle eut, d'emblée, un goût de cendre. Et cette route, que j'avais suivie en plein soleil, je la suivais maintenant en pleine nuit. Je repassais tristement, et en sens inverse, par les étapes qui m'avaient mené à ce qui se confondait déjà avec mon plus grand bonheur. Chaque souffrance d'amour exige, pour être défaite, que l'on remonte le cours du temps.

Je conduisais dangereusement au bord des falaises et des ravins. Des images lointaines m'aveuglaient, par rafales, comme la lumière des phares de voitures que je croisais. Le visage d'Aurore, si mobile jusque-là, me revenait dans sa dernière expression d'aube et de pénombre. Sa disparition, telle une mort, l'avait figé. Et cette immobilité voulait peut-être me signifier que je ne le reverrais plus. Ou qu'il me faudrait, pour le revoir, m'engager dans un autre monde.

Je suis arrivé à Paris, épuisé, le lendemain. En entrant chez moi, j'ai compris qu'Aurore m'y avait précédé. Elle avait vidé ses placards. Une robe était encore suspendue sur le paravent chinois. De tout ce que nous avions vécu, il ne me restait que les objets qu'elle avait autrefois choisis et qui, sans doute, l'avaient encombrée à l'instant de son départ. Sur une table de nuit, je vis son trousseau de clefs. C'était un signe d'adieu. Elle l'avait posé devant un petit cadre de galuchat dans lequel elle avait conservé, après une visite au Louvre, la reproduction d'un dessin qui l'intriguait. Ce dessin, grisé sur fond bleu, représentait la célèbre Fortune de Prud'hon. On y voyait une femme souriante et cheveux au vent. Cette femme avait les yeux bandés.

– 16 –

Aurore avait-elle vraiment disparu ? Ou était-ce l'une de ces disparitions provisoires dont elle avait l'habitude ? Allait-elle revenir et s'expliquer tandis que, tout à ma joie, j'accepterais par avance chacune de ses explications ? Je variais sans cesse à ce sujet : la lumière oblique du matin m'assurait de son retour. L'amertume du soir me persuadait que je l'avais perdue. Je pris, pour finir, le parti de l'attendre dans cet appartement que nous avions quitté, dix jours auparavant, en amoureux inquiets.

Dehors, la chaleur et les orages avaient jeté une chape moite sur la ville. Je voyais, de ma fenêtre, des passants qui se rafraîchissaient aux fontaines ou à la terrasse des cafés. J'observais le dôme des Invalides qui étincelait sous un ciel brouillé. Je buvais du café, je me nourrissais à peine, je n'osais plus bouger. Le malheur, paraît-il, s'éloigne dès qu'il ne rencontre plus rien de vivant. Mais ce malheur-là, si poisseux, ne voulait pas m'abandonner et, pendant plusieurs jours, il m'entraîna au fond d'un lac sanglant. Pourquoi avais-je accepté que l'on m'égorge de la sorte ? Par quel verdict était-il établi que je devais agoniser ? Parfois, je croisais mon visage dans le reflet d'une vitre ou d'un miroir, et je ne parvenais pas à me convaincre que mon esprit se tenait derrière cette face ahurie. Sur mon corps, une odeur de fatigue et de dépossession.

L'ennemi m'avait pris à revers, par traîtrise, et sans les sommations d'usage. Il disposait d'informations précises sur les faiblesses de celui qu'il voulait abattre. Sa malfaisance redoublait à la moindre de mes réactions. C'était un fauve avide de tout ce qu'il croyait encore sensible en moi. Il s'était incorporé à mes gestes, à mon chagrin, à mes raisonnements. Impossible de le détruire sans me détruire. D'arracher ses griffes sans y laisser ma peau. Lentement, je rassemblai mes forces. Je fis le mort. Je repris mon souffle.

– 17 –

Quelques jours plus tard, vers midi, le téléphone sonna pour la première fois depuis mon retour. Aurore me rappelait déjà ? Tout allait donc s'éclaircir ? Et ce cauchemar cesserait enfin ?

Mais ce n'était que la voix de Sandro Orsini. Il voulait des précisions sur l'aquarelle de Marie Laurencin que je lui avais vendue.

— Depuis que ton père nous a quittés, il

n'y a plus que les Anglais pour acheter des aquarelles...

Sa voix amicale se fit soudain plus impatiente :

— A ce propos, as-tu besoin d'argent? J'ai, justement, des clients anglais qui s'intéressent à ton Watteau...

Cet Orsini était un marchand d'art dont je me méfiais par principe. Il avait toujours, sous la main, des clients, des occasions à saisir, des opportunités qui ne se présenteraient pas deux fois. Il avait autrefois bien connu mon père et, depuis la mort de celui-ci, il affectait même de me considérer comme un fils. C'était, pour le reste, un homme compliqué et jovial.

— Crois-moi, cher petit, tu devrais le vendre... Je suis sûr que ton père lui-même l'aurait vendu...

Je n'avais pas prononcé une seule parole depuis plusieurs jours, et je fus plus étonné d'entendre ma propre voix que la sienne. Je parvins, par réflexe, à y mettre une sonorité naturelle qui me donna l'impression que j'étais encore en vie. Et cette hypothèse me fut douce pendant quelques secondes. Orsini dut percevoir mon désarroi. Il se montra plus indiscret.

— Tu n'as pas l'air en forme... Est-ce que je peux faire quelque chose pour toi ?

Cette sollicitude, qui était bien dans sa manière, me parut cependant suspecte. Était-il informé de mes malheurs ? Qui l'aurait prévenu ? L'avait-on chargé de m'apprendre quelque chose ? Tout cela n'avait guère de sens, mais il n'en fallut pas davantage pour que je le soupçonne d'en savoir plus que moi-même sur la disparition d'Aurore. Il partait, le lendemain, pour sa maison de Villefranche. Je lui proposai, d'un air entendu, de passer chez lui en fin de journée. A cette heure-là, pensais-je, l'orage qui s'annonçait aurait peut-être éclaté. Et, avec un peu de chance, cet orage suffirait à éteindre tout ce qui, en moi, s'était incendié.

– 18 –

J'avais rencontré Aurore, six mois plus tôt, chez ce même Orsini et je me souvins du premier regard qu'elle m'avait alors adressé. Je me souvins aussi, comme d'un reflet infidèle, de l'individu que j'étais encore à l'instant précis où s'achevait cette partie de ma vie pendant laquelle j'ignorais que le destin de cette femme allait se mêler au mien.

C'était à la fin d'une année particulière. Mon père était mort peu avant, dans un accident de voiture, et j'étais plutôt satisfait de ne plus subir ses jugements sévères. Il m'avait légué ses tableaux. J'avais déjà choisi de vivre comme on profite d'un malentendu. J'étais loin de me douter qu'il me faudrait bientôt traverser, en étranger, une zone inexplorée de moi-même. Il est triste qu'on ne perçoive pas, dès qu'elles adviennent, les circonstances décisives de sa propre vie. Et triste que l'on s'y précipite en aveugle. On ignore, dans ces moments, que notre nature même va s'infléchir. Que le hasard va y jeter des réflexes et des projets dont on se serait moqué une minute plus tôt. Et aucun ange n'est là pour indiquer d'autres chemins. Ou pour suggérer des émotions qui pourraient l'emporter sur celles qui s'approchent déjà.

Avant l'apparition d'Aurore, je ne craignais ni n'espérais rien. Mes sentiments n'avaient presque pas servi. C'était une meute en mouvement qui attendait des ordres. J'avais déjà, à cette époque, le visage d'un homme mélancolique. Mon corps était fiable. Chacune de mes expressions avait conservé sa part de jeunesse. Considéré à distance, mon sort inspirait plutôt de l'estime. De plus près, on aurait pu percevoir que je prêtais peu de ma véritable identité à cette apparence. Je n'avais, avant l'apparition d'Aurore, aucune affinité avec le drame.

Je me trouvais donc, ce soir-là, dans un salon tout en miroirs et en boiseries d'où l'on dominait les jardins du Palais-Royal. Orsini y avait rassemblé une vingtaine d'invités que je connaissais pour la plupart. Bavardage, alcools, médisances, ambiance de comédie. Il y avait là des peintres et des antiquaires. Quelques jolies personnes. Des artistes désœuvrés. On me parlait. Je répondais. J'observais l'entrelacs d'intérêts et de séductions qui fait le charme de ce genre de réunion. Orsini était, comme toujours, un hôte prévenant. Il m'entourait, en public, d'un soin si manifeste que chacun me prenait pour un personnage important. De temps à autre, je me jetais dans la conversation générale. Puis je m'en échappais comme on sortirait d'un bassin. Cela n'engageait à rien.

A cet instant, Aurore n'est pas encore entrée dans le salon où, d'humeur rêveuse, j'ignore que je l'attends. Je n'ai pas encore reçu sa beauté comme une foudre. Pas entendu sa voix, ni vu ses jambes, ni deviné son corps sous une robe stricte. Elle ne m'a pas encore vu. Elle ne s'est pas assise, silencieuse, en face de moi. Et je n'ai pas encore remarqué les petites veines qui palpitent sur sa gorge, ni ses chevilles prolongées par des escarpins affilés, ni son poignet alourdi par un bracelet dont l'opulence me déplaira. Plus tard, je ne me lasserais pas de revisiter chacune des secondes qui précédèrent cette apparition et qui me firent à jamais passer d'une vie à l'autre.

– 19 –

Jusque-là, l'existence m'avait assez bien servi en plaisirs de toute nature et, dans son ensemble, elle ne me paraissait guère s'écarter de ce que j'avais souhaité qu'elle fût. Peu de grands enthousiasmes. Peu de déconvenues.

Une tonalité égale accompagnait chacune de mes entreprises et me faisait plus attentif que bien d'autres à leur vanité. Je me sentais promis à quelque chose de puissant et vague. Je m'y préparais en essayant de vivre sans rendre trop de comptes. On me prêtait du goût pour l'art et la peinture alors que je ne m'en souciais qu'à l'occasion. On me croyait, à tort, habile et convaincu. Quelques femmes s'étaient intéressées à moi. Pourtant, leurs façons de me plaire, et ma façon de répondre à leurs séductions, ne concernaient que la part la plus extérieure de mon être. Je n'avais jamais connu, auprès d'elles, le contentement que je me devais de leur témoigner. Et je n'avais jamais été affligé, par leurs trahisons, autant qu'il me fallait parfois le prétendre. Le plus souvent, je truquais mes sentiments tout en dépêchant aux avant-postes une réplique plus vivante de moi-même. J'attendais sans doute, pour devenir plus vrai, que quelque chose se brisât dans cette cuirasse et je m'employais, d'ici là, à enjamber le moindre désagrément comme une flaque d'eau croupie. Il est si facile de s'épargner dès que le hasard propose des sons ou des fièvres qui, à leur première vibration, n'annoncent rien de bon.

– 20 –

C'est dans un miroir que j'ai croisé le premier visage d'Aurore. Elle se tenait derrière moi. Nos regards purent ainsi s'attarder avec impudeur, l'un dans l'autre, sans que personne s'en avise. Il n'est pas indifférent que ce soit un miroir qui nous ait, en quelque sorte, rapprochés. Pas indifférent, non plus, que son visage me soit parvenu alors que je lui tournais le dos. J'avais eu, tout de suite, l'impression que cette femme sortait de mon passé et, de ce fait, il me parut naturel de la reconnaître sans l'avoir jamais vue. Tout, dans ce qui s'ensuivit, se déduira de cet enchaînement. En amour, c'est toujours le passé qui donne des ordres.

Elle était accompagnée d'un homme dont l'aspect me déplut aussitôt. C'était un banquier qui, ayant remarqué les égards que me témoignait le maître de maison, se crut obligé de se faire connaître. Il s'appelait Canteleu. Il semblait content de lui.

— Je suis un vieil ami de Sandro. Et l'un

de ses meilleurs clients... Je lui ai encore acheté, pas plus tard qu'hier, une paire de girandoles qui décoraient la coiffeuse de la princesse Mathilde... Enfin, Sandro me l'a juré...

Ce Canteleu avait des manières assez féminines dans une physiologie de rapace. Peu de lèvres, une taille épaisse, des cheveux rares et plaqués. Il me tendit une main qui, dès qu'elle entra en contact avec la mienne, me parut répugnante. Quand on lui apprit que je n'exerçais aucun vrai métier, il me toisa avec prudence. Il formait avec Aurore un attelage dépareillé. Il ne lui parlait guère. Aucun geste ne suggérait leur complicité. On aurait pu croire qu'ils venaient de se rencontrer dans l'ascenseur ou sur le palier.

Bientôt, il s'éloigna, et je me retrouvai seul avec elle. Nous étions près d'un balcon d'où l'on apercevait, sous une lune d'hiver, des jardins bleuis par le givre. Orsini ne tarda pas à nous rejoindre. Il baisa la main d'Aurore.

— Vois-tu, me dit-il, si j'aimais les femmes, je crois bien que je ne résisterais pas à la beauté d'Aurore...

Elle s'appelait donc Aurore.

Je ne pouvais rêver d'un prénom mieux

ajusté à tout ce que mon imagination avait déjà suspendu autour de sa présence. J'y associai sur-le-champ des couleurs nacrées et roses. Je vis, dans cette sonorité virginale, une aube penchée sur l'océan. Et, aussi, un sous-bois en été, tout bruissant d'oiseaux et de commencements. Il y avait, au milieu de ce prénom, une fontaine éclairée par le jour.

Pendant le dîner qui suivit, on me plaça en face d'elle, et je pus l'observer au travers du buisson de roses mousseuses qui nous séparait. Elle était silencieuse et immatérielle. Elle n'adressait que d'imperceptibles sourires de courtoisie à ses voisins, et cette distance me parut admirable. Ses yeux flottaient au-dessus d'un monde bruyant. Rien, dans les propos de la table, ne semblait retenir son attention. Je ne parvenais pas à détacher mon regard de son cou et de ses épaules. Elle finit par le remarquer. Et, discrètement, elle leva son verre en ma direction, puis le porta jusqu'à ses lèvres.

Je ne conserve qu'une impression confuse du reste de la soirée car l'essentiel, pour moi, n'advint que plus tard, vers minuit, quand chacun prit congé. Je me trouvais alors dans un boudoir attenant au salon, et Aurore vint à ma rencontre :

— Nous devrions nous revoir, me dit-elle... Demain, à midi, je serai à l'entrée du musée Rodin...

Elle n'attendit pas ma réponse. Et je la vis s'éloigner avec le banquier. Orsini, me sembla-t-il, n'avait rien manqué de cet échange. Il hochait la tête en souriant.

– 21 –

Ce soir-là, tandis que je quittais le Palais-Royal, tout me parut ravivé par un souffle nouveau. Je n'avais pas froid. J'étais ému par la course des nuages sous la lune. J'avais longé les Tuileries d'un pas rapide avant d'arriver chez moi dans un état d'extrême allégresse. Dans mes veines, coulait une liberté dont le goût ne ressemblait à rien qui me fût familier. Inutile de m'endormir. De dompter mes songeries. De retenir mon imagination qui s'était déjà projetée dans chacun des détails du rendez-vous qui m'attendait.

J'avais eu pourtant, au moment même où tout mon être se tendait vers l'avenir, la sensation de nager contre un courant qui me ramenait vers des rivages anciens. Un essaim d'émotions indistinctes bourdonna à mes oreilles. J'y vis une femme qui m'embrassait, un homme qui pleurait. J'y entendis toute une rumeur de chagrin et de départ.

Ces bribes de passé avaient, dès l'apparition d'Aurore, jailli d'on ne sait où et, dans leur dérive, elles avaient heurté l'instant de notre rencontre en y inscrivant un sens indéchiffrable.

– 22 –

L'amour est toujours sculpté par quelque chose de plus ancien que lui. Et, s'il surgit d'une rencontre, c'est parce qu'il patientait avant que cette rencontre n'advînt. Il en va de même pour la douleur qui accompagne son achèvement. L'un et l'autre se déduisent d'une expérience ensevelie. D'un deuil antérieur à ce qui les relance. On croit volontiers qu'on adore cette voix, ces cheveux, ce grain de peau, cette épaule, ou que l'on est au supplice parce qu'ils ne sont plus là, mais cette croyance ne tient pas. Car chaque émotion nouvelle ne brasse, pour l'essentiel, que des émotions déjà cueillies et qui, un jour, forment le vieux bouquet que l'on reçoit comme une promesse.

– 23 –

Les femmes, jusque-là, m'étaient toujours apparues comme une espèce distincte, parallèle et amicale. J'étais à l'aise en leur présence. Je ne trouvais que du plaisir à leur fantaisie, à leurs corps, à la tournure de leur intelligence. Je les comprenais sans crainte. Je percevais, dans cette part de l'humanité, des aspects irréductibles et, tout compte fait, assez délicieux. Je m'étais cependant appliqué, auprès d'elles, à ne pas tout mêler. Avec certaines, je n'échangeais que des désirs. Avec d'autres, je m'en tenais à l'amitié, à l'émotion ou à la conversation. A d'autres encore, je réservais des nuances plus imprévisibles de mon caractère. Il ne me serait jamais venu à l'idée de tout confier à un seul être. Dans mon esprit, cela eût été aussi périlleux que de miser, au casino, toute sa fortune sur un seul chiffre.

Malgré ce principe d'éparpillement, deux sortes de femmes avaient supplanté les autres dans l'organisation de ma vie. D'un côté, je m'affichais volontiers avec une maîtresse en titre qui, à l'époque, s'appelait Delphine. C'était une ancienne danseuse, plus âgée que moi, qui avait renoncé à sa carrière en épousant un homme influent. Elle avait de belles mains et un passé agité. Dix ans plus tôt, Delphine avait été célèbre. Elle avait connu l'ivresse des applaudissements et des admirateurs empressés devant sa loge. Il lui en restait un tempérament rêveur dont elle me réservait la meilleure part. Ensemble, nous dînions, nous voyagions, nous passions des nuits tendres. Elle me couvrait d'attentions délicates, je lui envoyais des fleurs, elle me conseillait avec discernement. C'était une liaison qui, sans rien m'interdire, durait déjà depuis plusieurs années. Parfois, dans le regard de Delphine, je devinais la nostalgie d'un amour plus exclusif et je tâchais de lui en fournir l'illusion. Je savais cependant qu'elle trouvait, comme moi, de nombreuses vertus à notre arrangement.

Mais il me fallait aussi des jeunes filles plus disponibles que je recrutais n'importe où. Avec elles, je m'inventais un reste d'adolescence et des idylles dont la brièveté me fouettait le sang. On ne savait rien de moi. On me donnait rendez-vous dans des cafés ou dans des chambres d'étudiant. On m'offrait des corps aux parfums simples. Celle-ci me volait un peu d'argent. Celle-là était parfois jalouse. Les moins fiables avaient besoin de mettre, dans nos jeux, un excès de sentiment. Chacune recelait quelque chose qui n'était pas dans l'autre. Je n'étais jamais déçu par ces aventures qui, dans l'ensemble, commençaient et s'achevaient presque en même temps.

Quand je repense à cette existence bien réglée, quand je me souviens de ces journées où j'allais sans risque de Delphine à mes jeunes filles, je me dis que j'agissais alors avec sagesse. J'étais parvenu à conjurer ma solitude sans m'infliger des fidélités dont je n'aurais su que faire. J'étais dans la situation idéale d'un homme qui sait l'usage qu'il doit ne pas faire de sa liberté. D'une certaine façon, il ne me manquait rien.

– 24 –

A midi, très précisément, Aurore arriva au musée Rodin. A la lumière du jour, elle me parut encore plus jeune que la veille. Elle avait peut-être vingt-cinq ans. Une allure splendide. Aucun maquillage. Des lunettes noires. Elle me prit la main d'un geste naturel et ne s'encombra d'aucune parole d'usage. Elle souriait comme quelqu'un qui connaît par avance l'épisode qui va suivre. Puis, sans plus de manières, et en me fixant avec aplomb, elle m'annonça que je lui plaisais et qu'elle était libre.

— Est-ce que cela vous intéresse ?

Cette franchise me mit mal à l'aise. Je n'avais pas l'habitude que l'on me dispensât des rites ordinaires de séduction. Mais je ne voulais pas davantage passer pour un homme qui se laisse déborder par une audace. Elle devina mon embarras et l'effort qu'il me fallait accomplir pour n'en rien laisser paraître. Elle poursuivit sur le même ton.

— Quand vous me connaîtrez mieux, si cela arrive un jour, vous saurez que ma vie va trop vite... Je n'ai jamais le temps d'hésiter... Hier soir, quand je vous ai vu chez Orsini, et quand nos regards se sont croisés dans ce miroir, il m'a semblé que... Mais je ne sais rien de vous...

Nous nous étions assis, près d'un buste d'argile, dans la grande salle du musée. Elle m'expliqua alors, sans la moindre gêne, qu'elle venait de traverser une période difficile et qu'il lui fallait mener une existence plus calme. Elle avait, de plus, besoin d'un ami susceptible de lui épargner tous les désagréments matériels auxquels s'expose une femme qui préfère l'aisance au dénuement. Je commençais à peine à m'habituer à cette franchise quand elle me déconcerta à nouveau :

— Mais, au fait, êtes-vous assez riche ?

Et, baissant ses paupières :

— Je vous déçois, n'est-ce pas...

Ces manières me déplaisaient et m'excitaient. Elles brisaient le halo romantique qui boursoufle les désirs naissants, tout en convoquant une vision plus lucide de la partie qui s'engage. Comment avais-je pu, la veille, en longeant les Tuileries sous la lune, me lancer dans tant de rêveries à propos d'une fille qui, le lendemain, s'offrait aussi rapidement ? Comment avais-je pu placer du trouble là où il n'y avait que du sang-froid ? Je m'efforçai de retenir ma déception qui, pourtant, s'était déjà combinée à un désir moins pur et tout aussi violent.

— Vous préféreriez que je sois hypocrite comme les autres femmes ? J'avais cru, en vous observant hier soir, que vous étiez capable de regarder les choses en face. Mais je me suis peut-être trompée. Excusez-moi...

Elle esquissa un soupir et s'éloigna vers la sortie. Par une fenêtre, je la vis traverser le jardin du musée, puis s'arrêter près du grand bronze où Rodin sculpta la *Porte de l'Enfer*. J'eus alors le choix entre deux attitudes également insuffisantes. La perdre avant même que tout ait commencé. Ou entrer dans le jeu qu'elle me proposait. Je me croyais encore incertain lorsque mon corps, plus résolu que ma volonté, se retrouva auprès d'elle et me signala, de ce fait, que j'avais choisi d'accepter son contrat. Ce fut mon premier pas vers la soumission. Je me souviens de l'avoir accompli avec plaisir et sans la moindre appréhension.

– 25 –

Autrefois, j'imaginais ma vie avant de la vivre. De telle sorte que je la vivais toujours deux fois et la seconde, tout en étant la plus réelle, n'était que rarement la moins décevante. En général, je trouvais même plus de plaisir à une songerie prémonitoire qu'à la sensation ultérieure qui devait la confirmer et ma raison, exercée selon ce principe, explorait avant moi chacune des situations auxquelles je ne m'étais pas encore confronté. Elle me précédait dans mes enthousiasmes ou mes déceptions. Elle en jugeait presque à ma place. Et, lorsque j'y parvenais, je n'étais pas plus surpris que le voyageur qui débarque enfin dans le pays que des centaines d'images lui ont déjà décrit. Aurore sut, dès le premier jour, déjouer cette façon d'être. Elle m'avait, par sa grâce, mis en présence d'une sensation que rien n'annonçait. Je lui devais un ravissement que je n'avais eu ni le temps, ni l'idée, d'anticiper. Cet effet de surprise, qui aurait pu me déranger, me procura une volupté sans pareille.

– 26 –

Que s'était-il passé, au Grand Hôtel, ce matin-là ? Quc s'était-il vraiment passé entre le moment où j'avais laissé Aurore endormie dans notre chambre et sa fuite mystérieuse ? Trois hypothèses : une lassitude après ces quelques jours de paix. Une ruse pour s'assurer de ma dévotion. Une décision mûrie de longue date et qui, soudain, prenait effet. Chacune de ces hypothèses aurait pu convenir à un aspect de sa nature. Chacune, pourtant, ne rendait compte que d'une partie de la réalité. La lassitude s'accordait mal avec l'empressement d'Aurore pendant la soirée et la nuit qui avaient précédé. La ruse me paraissait inutile tant je m'étais conduit en homme épris depuis le début de notre séjour. La préméditation, enfin, n'expliquait pas le fait qu'Aurore ait disparu, de cette façon, en oubliant son appareil photo et des bijoux dont elle ne se séparait jamais. Ma vie semblait dépendre de cette énigme. N'est-il pas absurde, pensais-je, de s'infliger de tels supplices ? De s'en remettre à des inquiétudes qui seront un jour considérées depuis l'autre bout de l'existence et qui sembleront alors incompréhensibles ? Mais cet apaisement lointain n'adoucissait pas ma torture. J'éprouvais chacune des souffrances qui, pour celui qui attend, accompagnent inévitablement les désirs plus neufs que l'on prête à ceux qui se sont enfuis.

J'en étais à ce point de mes interrogations quand je me dis qu'Aurore, ce matin-là, avait peut-être reçu un appel téléphonique qui, seul, expliquerait son comportement. Quelqu'un l'aurait appelée, ou convoquée, en mon absence. Mais qui aurait pu agir ainsi, et si tôt, au risque de me trouver endormi à ses côtés ? Se pourrait-il que ce soit elle, alors, qui ait décidé d'appeler une personne assez familière pour lui donner des ordres, pour exiger sa présence ou précipiter son départ ? Si cela s'était passé ainsi, il en subsistait certainement des preuves qu'il me serait facile d'obtenir. Pourtant, mon exaltation, si bien lancée, retomba aussitôt : que ferais-je de ces preuves ? Et que peut faire un homme à qui l'on désigne le rival que sa bien-aimée vient peut-être de rejoindre ? Mais on a toujours besoin, fût-ce par orgueil, de vérifier l'étendue de sa douleur, de constater qu'elle est bien immense, comme la trahison qui s'abat, et de retrouver par là, au moment même où l'on se sent plus bas que jamais, une manifestation paradoxale de l'intérêt que l'on suscite encore.

J'ai donc fini par appeler le concierge du Grand Hôtel. Pouvait-il m'adresser la liste des appels reçus ou passés, ce matin-là, depuis ma chambre ?

— Certo Signor, gliela spediamo subito...

J'eus à peine le temps de déclencher le métronome qui se trouvait encore sur le piano d'Aurore. D'observer avec tristesse son trousseau de clefs. D'avaler une autre tasse de café. Et cette liste me parvenait par télécopie. Sur le ruban de papier qui se déroula sous mes yeux, il y avait le numéro qu'elle avait composé, vers sept heures, le matin de son départ.

– 27 –

— Au fait, êtes-vous assez riche ?

Ces seuls mots avaient, en une seconde,

placé nos sentiments à venir sous une lumière crue. Un aspect de mon caractère avait déploré cet excès de clarté. Mais un autre, plus ambigu, s'en était arrangé. Je ne savais que trop ce qu'il en est, au fond, du pacte qui s'établit entre un homme et une femme qui se préparent à jouir l'un de l'autre. Chacun s'évalue, anticipe son gain, et rapporte l'ensemble à ce qu'il lui en coûtera. Cette opération rigoureuse et immédiate s'accomplit rarement en toute conscience. On s'applique même à en nier le principe, ou à l'ensevelir sous une abondance de signes, de gestes, d'intuitions, propres à suggérer que l'intérêt ne gouverne pas ce trafic. Qui, en effet, consentirait à passer pour une âme basse à l'instant où il se croit requis par sa représentation la plus idéale ? Mais on ne peut durablement s'aveugler sur l'âpreté tacite du marchandage. Que me procureras-tu ? Qu'obtiendrai-je en échange ? A quel prix, acceptable pour l'un et l'autre, s'établira la transaction ? Aurore avait eu le mérite de m'imposer sans détour l'évidence de ce commerce et il eût été injuste de l'en blâmer. Delphine ou mes jeunes filles auraient-elles eu le courage de me parler ainsi ? En étaient-elles plus innocentes pour autant ? J'avais donc eu raison de la rejoindre avant qu'elle ne quittât le musée. Le hasard m'avait mis en présence d'une femme aux yeux grands ouverts. Peu d'hommes en rencontrent de semblables.

– 28 –

Ce jour-là, nous avions marché vers la Seine. Il avait un peu neigé. La ville avait un aspect d'ardoise scintillante et boueuse. Un vent frais agitait les écharpes, les manteaux et les rubans d'ampoules colorées qui annonçaient le réveillon. Aurore semblait à l'aise dans l'hiver qui donnait à son visage des couleurs d'enfance. Tout, à ses côtés, me parut charmant, vif, aéré.

Delphine aurait eu peur de prendre froid. Les jeunes filles auraient porté des gants grossiers ou des vêtements d'hiver aux couleurs trop criantes. Aurore, elle, était parfaite.

Nous avancions au même rythme. Nos pas accordés m'avaient convaincu, avant toute explication, qu'un lien nous unissait déjà.

Sur un pont, alors que le vent soufflait en bourrasque, elle prit ma main comme elle l'avait fait en arrivant au musée. Il y avait, dans son geste, une impudeur délicatement dosée. Nos premiers échanges ? Rien de solennel. Nous étions surpris par le bien-être qui, telle une membrane soyeuse, nous isolait du reste du monde. Les corps savent toujours, avant l'esprit, ce qui est en train d'advenir.

Nous nous étions dirigés vers la place de l'Etoile car le vent soufflait dans cette direction. Comme nous passions devant un hôtel, elle eut envie d'y déjeuner, puis elle changea d'avis, préférant que l'on y prenne une chambre, là, sans tarder. Ce fut si simple.

Elle n'éprouvait même pas le besoin de donner de l'importance à ce rituel. Sa désinvolture, plutôt que de me renseigner sur des mœurs de femme facile, m'éblouit comme la preuve d'une alliance supérieure avec la vie.

Elle se déshabilla sans me quitter des yeux. Quand elle fut nue, et dans mes bras, son audace se dissipa, et quelques soupirs vinrent nuancer une manière d'être qui s'était plu, jusque-là, à mener le jeu. J'ai aimé ce moment. Une lumière d'hiver, très pure, avait envahi la chambre. J'eus l'impression que la mort ne me regardait pas.

Nous ne nous sommes pas quittés jusqu'au soir et nos gestes eurent le temps de s'ajuster. Quelques confidences nous rapprochèrent sans abolir la distance qui nous séparait. Nous étions devenus des amants tout en restant, plus que jamais, distincts.

J'ai vite remarqué qu'elle n'habitait pas vraiment son corps. Il y avait ses gestes, bien sûr, et ses soupirs, mais elle s'esquivait à chacun de mes élans. Sur sa bouche flottait une langueur qui n'était pas celle du désir heureux. Je crus même y deviner une certaine indifférence.

— Pour moi, c'est toujours comme ça, me dit-elle. Pas très grave...

Cela, en effet, ne me parut pas très grave. J'y voyais, au contraire, une réserve délicate dont je me promis, quand je la connaîtrais mieux, de triompher.

Je me persuadai aussi, puisque cela m'arrangeait, que le désir et l'amour, qui peuvent coïncider, ne s'offrent pas toujours au même rythme.

Elle avait faim. On fit monter des huîtres, du vin blanc, du café. Nue, sur le lit, elle m'observait comme un petit animal qui s'est diverti. Puis elle me chanta un air d'opéra.

Il y avait, dans tout son être, un balancement inédit de sauvagerie et de raffinement.

La nuit tombait quand elle décida de partir. Elle avait un rendez-vous. Avec qui ? Elle me fit taire en posant, pour la première fois, un doigt sur mes lèvres.

— Chacun doit mettre un peu d'ordre dans sa vie. Je vous appellerai...

Elle nota mon numéro de téléphone sur un carnet qu'elle remit aussitôt dans son sac, mais refusa de me donner son adresse.

— En ce moment, je suis très difficile à joindre...

Elle se recoiffa. Je l'entendis encore chanter dans la salle de bain. C'était maintenant un air de Monteverdi dont les accents sacrés s'envolaient comme l'écho de ce que nous venions de vivre. Elle allait et venait à travers la chambre en mesurant, d'un œil habile, l'effet produit par ses jambes, ses seins, ses épaules. Elle s'assit enfin au bord du lit :

— Vous êtes bien sûr de ce que vous faites ? Je ne veux pas que, plus tard, vous me fassiez des reproches...

Comment aurais-je pu faire des reproches à une femme qui ne me promettait rien ?

Elle remit le bracelet qu'elle portait déjà la

veille. Un bracelet d'or, prétentieux, orné de pierreries. Pourquoi portait-elle un bijou si voyant ?

— Vous avez raison... C'est un cadeau de Canteleu... Ça a dû lui coûter une fortune, mais c'est affreux.

Et, le détachant de son poignet, elle le posa sur une table.

— Voilà, je le laisse ici... Comme ça, vous serez bien certain que je ne le porterai plus...

Ce geste me parut sublime. Personne ne s'était jamais comporté de la sorte devant moi.

Elle refusa que je la raccompagne. Elle me répéta, dans un baiser, qu'elle m'appellerait, et referma la porte de la chambre où je finis par m'endormir.

Quand je me réveillai, il était presque minuit. Je devais, ce soir-là, retrouver Delphine, mais il était trop tard, et je ne l'avais pas prévenue. Devrais-je lui dire que je venais de rencontrer une femme qui l'avait surclassée dans mon cœur ? Etait-il indispensable de lui faire de la peine ?

Je pus vérifier, à cette occasion, que son éventuel chagrin ne pesait guère au regard de mon bonheur nouveau.

– 29 –

Si je reconsidère ce qui m'était arrivé ce jour-là, je dois admettre qu'Aurore avait su, par deux fois, prendre le pouvoir entre nous. D'abord, en quittant le musée alors que j'hésitais à accepter son contrat, et en m'obligeant à lui céder. Puis, dans cette chambre d'hôtel, lorsqu'elle choisit de partir sans me donner son adresse, ni me dire où elle allait. Par deux fois, elle m'avait conduit vers de petites capitulations. Cette habileté, si proche d'une technique de dressage, supposait de l'expérience et une fine perception de ceux que l'on veut s'attacher. Aurore, qui ne me connaissait que depuis quelques heures, avait compris, d'instinct, ce qui me faisait agir et réagir. Même en devenant ma maîtresse, elle s'était arrangée pour me laisser seul, et avait ainsi déclenché le mécanisme qui me la rendrait toujours plus nécessaire. Dès le début, elle ne m'avait offert que des dérobades. Elle ne m'avait comblé qu'avec du vide. Et c'est cela que je prenais pour un horizon de bonheur. Il est curieux que toutes ces insatisfactions me soient d'abord apparues comme une pâture indispensable.

Ce qu'Aurore m'avait révélé, et que je ne mesurais pas encore, c'était un aspect plus opaque de ma nature. Elle avait souligné, avec innocence, ma volonté d'être désappointé ou, plus exactement, de me procurer dans ce désappointement la dose d'abandon que je réclamais en silence. Etait-ce la raison qui, dès ce premier jour, me décida à l'adorer ?

J'ignorais, jusque-là, que la passion d'être déçu pût exister. Et qu'elle occupait un rang élevé dans l'ordre des inclinations. Or, c'est ce gisement de déception, plus encore que la beauté ou le charme, qui m'avait rendu Aurore si aimable. Je peux bien me désoler après coup, et pour la forme, mais l'affaire était entendue dès le départ. En me demandant de ne pas lui reprocher le mal dont elle pourrait être la cause, Aurore, en vérité, ne faisait que me le promettre.

– 30 –

La passion aspire comme le vide. C'est une chute. On tombe. On s'abîme. On est avalé. Mais c'est une chute au-dedans de soi. Dans ce creux où la vie a accumulé tous les inachèvements qui ont décidé de notre façon d'être et d'aimer. Il suffit alors que se dissipe l'illusion qui avait opposé un rempart à ce vide pour que celui-ci retrouve subitement son pouvoir d'attraction. Aurore, dès le début, m'était apparue comme un rempart. Sa disparition me donnait le vertige.

– 31 –

J'avais donc, sous les yeux, le numéro de téléphone qu'Aurore avait composé le matin de son départ. Ces quelques chiffres m'intriguaient. C'était la combinaison d'un coffre auquel on aurait confié un secret désormais accessible. J'avais besoin de savoir et je le redoutais. Et qu'apprendrais-je, derrière ces chiffres, dont je n'avais le pressentiment ?

Un soleil laiteux et gras suintait sur l'esplanade des Invalides. Une immobilité accablante figeait les choses, les êtres, et même les bruits qui m'atteignaient comme des preuves infimes de la réalité. En fin de journée, le ciel se gorgea d'eau noire et des éclairs de chaleur l'illuminèrent par instants. L'orage s'approchait. Je me suis alors juré, quoi qu'il advienne, de composer ce numéro avant que ne tombent les premières gouttes. Je n'avais plus rien à perdre.

Tant qu'Aurore vivait à mes côtés, et même si sa présence se voulait incertaine, je n'avais jamais osé aller au bout de ma curiosité. Je m'étonne, par exemple, de ne pas l'avoir suivie, ou fait suivre, lorsqu'elle disparaissait en me priant de ne pas m'inquiéter. N'aurais-je pas été renseigné sur ce qu'elle faisait, sans me le dire, tout au long de ses journées ? A l'époque, je calculais pourtant que mon plaisir de la retrouver dépendait de la peur que j'aurais eu à la perdre, et j'avais dû ruser avec ce brouillon de jalousie. Mais, devant cette absence qui ne ressemblait pas aux autres, je n'avais plus le choix. Aurore avait cessé d'être cette femme qui était là ou qui allait revenir. Elle s'était enfuie vers une existence dont j'étais exclu. Un vent brutal bouscula toute la ville. Les premières gouttes de pluie s'écrasèrent sur les vitres.

– 32 –

Une voix de femme me répondit. J'étais hésitant. A l'autre bout du téléphone, on perçut ma gêne.

— Qui vous a conseillé de m'appeler ?

Cette voix avait un léger accent. Peut-être allemand ou scandinave. Elle devait appartenir à une femme d'âge mûr. Je me contentai de dire qu'un ami m'avait donné ce numéro. Sans plus. Et on sembla d'abord se satisfaire de cette explication avant de lâcher d'un ton plus ferme :

— Mais qui êtes-vous, au juste ?

Cette question, sèche et précise, me laissa craindre que le fil qui me reliait à la vie secrète d'Aurore ne se rompe aussitôt si je ne trouvais pas une réplique. Qui étais-je, d'ailleurs, à cet instant ? Tout ce que je puis en dire, c'est que le chagrin m'avait défait. La voix, au téléphone, répéta sa question et je m'entendis prononcer mon nom. Après tout, je n'avais aucune raison de me cacher.

— Ah, c'est vous...

Et, avec une touche de compassion :

— Je me doutais bien que vous appelleriez...

Cette femme savait qui j'étais ? Aurore lui avait donc parlé de moi. Etait-ce une de ses amies ? Peut-être sa mère ? Ces détails m'importaient moins que le simple fait que l'on connût mon existence. D'une certaine façon, j'étais soulagé de découvrir que l'on m'avait évoqué, et que j'avais été un sujet de confidences.

Derrière la voix, je perçus quelques rires. Cette femme n'était pas seule.

— Pourquoi ne viendriez-vous pas me rendre visite ? demanda-t-elle. Après-demain, en fin de journée... Je serais ravie...

A cette inconnue qui s'exprimait avec mesure, je ne prêtai aucun visage. Ni aucune intention aimable ou hostile. Quand elle donna son adresse, près du parc de Saint-

Cloud, j'eus la sensation que l'on me désignait la piste qui allait me conduire jusqu'à ma disparue. Des grondements de tonnerre éclatèrent dans le ciel. Ce fut un orage violent et salvateur. Tout cela me parut décisif.

– 33 –

Nul ne connaît, tant que dure la vie, le goût définitif de ce qu'il a vécu. Un tourment ancien peut, si le temps l'éclaire autrement, procurer des joies que l'on n'aurait guère songé à en attendre. Et ce qui fut exquis peut devenir hideux si l'on s'avise que le bonheur dont on avait cru jouir n'était que le décor d'une duperie.

Dès que l'on me donna cette adresse à Saint-Cloud, me revint ainsi un souvenir que je tenais jusque-là pour un enchantement mais qui, dans ce nouveau contexte, surgit en brillant comme la lame d'un ennemi.

Quelques semaines plus tôt, j'avais accompagné Aurore jusqu'à Saint-Cloud. Elle devait y rencontrer un photographe et, plutôt que de prendre sa voiture, elle avait souhaité que je l'y conduise. Je n'avais rien à faire, nous étions au début du printemps, et j'avais eu envie de prolonger cette matinée.

Elle était entrée dans ma chambre et, de sa voix la plus ingénue, m'avait demandé de lui donner mon avis sur la tenue qu'elle devait porter. Elle essaya, devant moi, des robes provocantes. Elle mit aussi de hauts talons et décida de se maquiller outrageusement. Ses hésitations étaient vite devenues le prétexte d'un jeu.

— Est-ce que je te plairais tout de suite si tu me rencontrais dans cette tenue ?

Ou bien :

— Ne trouves-tu pas que celle-ci me donne mauvais genre ?

Ou bien encore, lissant ses bas ou découvrant la naissance de ses seins :

— Il faudrait que je me fasse un visage fatal, avec des lèvres brillantes et des yeux de garce...

On s'amusait. Tout avait, ce matin-là, un goût d'évidence et de liberté.

Vers midi, je la déposai donc, à Saint-Cloud, devant une maison qu'elle semblait découvrir pour la première fois, et dont l'aspect gothique lui déplut. Elle m'embrassa.

Pouvais-je l'attendre ? Elle n'en avait que pour une heure ou deux, et ce serait si gentil, n'est-ce pas, que je l'attende. Je pourrais m'installer dans un café ou sur un banc du parc voisin. Elle m'indiqua le balcon fleuri, au premier étage :

— C'est là que je serai...

Mais comment le savait-elle ?

— Ah ! C'est juste une supposition... Les photographes aiment bien les balcons... J'ai l'habitude...

En courant vers son rendez-vous, elle se retourna encore pour m'adresser un signe affectueux. Elle avait, à coup sûr, des yeux de garce. Et j'étais ravi, d'ailleurs, qu'elle eût plusieurs visages à sa disposition.

Sa robe et son maquillage lui faisaient une allure nocturne dans cet air de printemps.

Si je me transporte dans l'état d'esprit qui était le mien ce matin-là, je me rends bien compte que ma confiance était alors sans limite. De plus, je craignais trop qu'un excès de suspicion ne vînt me priver de tout le bruit de jeunesse et de fantaisie qu'Aurore avait insufflé à mon existence. Comment avais-je pu vivre sans elle jusque-là ? Et que ne l'avais-je rencontrée plus tôt ? Déjà, les arbres du parc reverdissaient. On y sentait une profusion de sève et d'enthousiasme. Je m'étais assis sur un banc. J'avais offert mon visage au soleil comme l'on cède à un protecteur bienfaisant. J'avais hâte de la retrouver. Il est si rassurant d'attendre quelqu'un qui va venir.

Quand elle réapparut, plus tard, son expression avait changé. Quelque chose y avait éteint sa gaieté. Ses lèvres, dont le fard avait disparu, tremblaient un peu.

Elle refusa de répondre à mes questions. Ses vêtements, ses cheveux, sa peau, semblaient s'être froissés. Assise près de moi, sur ce banc, elle avait maintenant l'apparence de quelqu'un qui s'est battu, et qui est las, et qui voudrait reprendre des forces.

Elle alluma une cigarette, puis l'écrasa aussitôt. Elle tressaillit lorsque je voulus la prendre dans mes bras.

Elle me dit alors, dans un regard intense, qu'elle m'aimait, et qu'elle n'aimerait que moi, quoi qu'il se passe entre nous. Cette déclaration me remplit d'orgueil et je l'accueillis sans trop savoir à quoi, ou à qui, je la devais.

Aurore usa, ce jour-là, de mots dont elle se moquait le plus souvent et ces mots, que j'avais tant voulu entendre, me parurent simples et vrais. Pourquoi aurais-je détaillé les raisons de son désarroi puisque celles-ci me valaient un si bel aveu ? Et pourquoi ne m'aimerait-on pas ?

Quand j'avais, de moi-même, une opinion médiocre, je doutais de ma capacité à provoquer quelque attachement réel, mais l'existence d'Aurore avait tout modifié. Pour retenir une femme pareille, et je la retenais, ne fallait-il pas que j'en fusse digne ?

Je ne pouvais que la croire sur parole lorsqu'elle m'avouait des sentiments que, grâce à elle, je me reconnaissais enfin le droit d'inspirer.

Tout cela avait pris place autour de cette maison de Saint-Cloud. Rien, ni personne, ne pourrait faire que ce qui avait eu lieu ne fût pas : c'était en ce jour de printemps qu'Aurore m'avait assuré de son amour. Et ce souvenir suffisait à transformer ce quartier, ce parc, les arbres qui le bordaient, et ce morceau de ciel que ces arbres découpaient, en un écrin de ce qui m'était le plus cher. Je fus surpris d'apprendre, par la voix d'une inconnue, qu'il me faudrait y retourner dans de tout autres circonstances.

– 34 –

Jusque-là, je m'étais arrangé de mon sort en supposant que tout ce que je n'y aimais pas avait un contraire que, nécessairement, j'aimerais. L'ennui, qui avait baigné mon enfance, me suggérait l'abondance des divertissements qui m'attendaient. La sévérité de mon père m'avait enseigné le goût de l'indulgence. La mélancolie me parlait de la joie. La solitude, enfin, m'avait fait aimer l'idée de l'amour qui la conjure. Avant Aurore, il y avait ainsi, dans ma vie, une grande quantité de réalités insuffisantes dont l'insuffisance même me fournissait la preuve d'une autre vie, disponible et symétrique, à laquelle j'accéderais pour peu qu'un être m'y invite. Et Aurore, dans la perception que j'en avais, habitait cette partie du monde où, avant elle, je n'étais pas. Je l'avais donc priée, elle et nulle autre, de me réconcilier avec des joies inconnues. Elle m'avait tiré hors d'une existence minérale. Comme dans ces contes pour enfants, dont la lecture ne m'avait pourtant guère convaincu, et où le héros réveille d'un souffle la créature qu'un maléfice a endormie.

– 35 –

Orsini m'attendait dans son salon en boiseries. Il était corpulent et portait un peignoir de lin qui lui faisait une silhouette antique. L'air chaud et humide avait mêlé ses cheveux teints à de la sueur. Il ressemblait à un vieil acteur qui reçoit un visiteur avant d'avoir eu le temps de se démaquiller. Ma mauvaise mine lui permit aussitôt de me témoigner son affection.

— Ah, mon cher petit, je n'aime pas te voir dans cet état...

Il m'accueillait toujours avec un sermon. Mais je le savais surtout attentif à la valeur des tableaux que je possédais. Il déplorait ma façon de vivre, tout en m'y encourageant à l'occasion, comme quelqu'un qui ne saurait renoncer aux moyens d'affaiblir l'ami auquel il souhaiterait rendre service. Il ne m'avait jamais parlé d'Aurore. C'était sa manière de désapprouver une liaison qui, dans le pur enchaînement des faits, n'eût jamais existé sans lui.

— J'ai appris ce matin que tu avais enfin décidé de rompre avec cette fille... Je ne te cacherai pas que cela m'a rassuré. Depuis six mois, tu n'étais plus le même. J'avais beaucoup de peine... En plus, je me sentais un peu responsable...

Et, comme je voulais savoir qui l'avait prévenu, il préféra se donner un air lointain.

— Je vois beaucoup de monde, les gens parlent...

Puis, devant mon insistance, il affecta de ne plus pouvoir contenir sa colère. Il leva les yeux au plafond comme s'il implorait une aide divine. L'expression de son visage me parut théâtrale et trafiquée.

— Tu as le même défaut que ton père : tu ignores que la passion est l'état dans lequel les hommes ont la plus grande chance de voir les choses telles qu'elles ne sont pas.

Il n'était pas mécontent de sa formule.

Il poursuivit avec la même satisfaction sentencieuse.

— Tu sais, je la connais bien, cette fille... Si je ne craignais pas de te blesser, je demanderais à une de mes amies de t'en parler, et tu tomberais de haut... Ah, Aurore, Aurore...

Il articula ce prénom avec tant de dégoût, et en pinçant ses lèvres de telle façon, que j'y entendis pour la première fois des sonorités déplaisantes. Ses teintes roses et nacrées, sa fontaine éclairée par le jour, avaient soudain fait place à une *horror* à laquelle je n'avais jamais songé. Que le prénom de ma bien-aimée rejoigne ainsi, fût-ce à travers la bouche d'Orsini, une forme d'horreur, me retourna l'esprit. Il en profita pour continuer son sermon.

— Tu te souviens de ce banquier, Canteleu, qui l'accompagnait ici même ? Eh bien, c'est lui qui m'a annoncé votre séparation...

Et il voulut s'assurer que j'avais bien compris :

— Il n'était pas fâché de récupérer cette fille, crois-moi... On t'a préféré quelqu'un d'autre, voilà tout...

Le coup était violent. Orsini le savait. Et, ravi de sa manœuvre, il se fit plus affectueux.

— Bon, c'est l'été, Paris est irrespirable, ça me ferait vraiment plaisir que tu reviennes à Villefranche. Il y aura là de quoi te changer les idées... On s'amuse, rien n'est tragique, et les affaires reprennent...

Il avait retrouvé sa voix de commerçant.

— A ce propos, qu'as-tu décidé pour ton Watteau ? Je connais sa valeur sentimentale, mais tu dois être réaliste... Et j'imagine que cette fille t'a coûté cher...

Il n'avait pas le temps d'en dire plus. Il devait régler quelques affaires avant son départ. Et, de toute façon, on continuerait cette conversation sur une terrasse ou au bord de l'eau. Il me donna l'accolade d'un tuteur courroucé qui, malgré tout, accorde son pardon.

En le quittant, j'aperçus mon visage dans le miroir où, six mois plus tôt, j'avais croisé le regard d'Aurore.

J'avais le visage pitoyable d'un naufragé.

– 36 –

C'était une allégorie à la pointe sèche qui figurait l'été sous les traits d'une femme devant un portique. Quelques vieillards, au loin, y rappelaient la fuite de l'hiver. L'automne et le printemps y apparaissaient, en motifs secondaires, grâce à une abondance de personnages rêveurs ou joyeux. Ce dessin de Watteau, mon père l'avait acheté dans une vente publique à Monte-Carlo, quelques heures avant de mourir.

Les enchères avaient été rudes, bien que l'origine de l'œuvre fût discutable. Mais mon père était heureux de la posséder, et il m'avait téléphoné avant de repartir pour Nice où il devait prendre son avion. Ce serait, m'avait-il dit, une pièce charmante de sa collection. Elle y apporterait joie et légèreté. Ne suffisait-il pas, d'après lui, de passer quelques minutes par jour devant un Watteau pour tenir le malheur à distance ? Tels furent, en tout cas, les derniers mots qu'il m'avait adressés.

Il avait ensuite fait une halte à Villefranche car il tenait à montrer sa nouvelle acquisition à Orsini. Celui-ci avait commencé par dénigrer la qualité de ce dessin puisqu'il ne le possédait pas. Puis il avait mis en doute son authenticité, et il voulut convoquer un expert pour prouver à mon père qu'il s'était fait rouler. Entre eux, cette rivalité durait depuis plus de trente ans. Et, chaque fois, cela s'achevait au désavantage d'Orsini qui, à la longue, en avait conçu une humiliation que mon père avait peut-être eu le tort d'entretenir. Leur querelle, ce jour-là, fut plus vive que d'habitude. Il s'y mêla d'anciens griefs, des reproches, de la colère. Au fond, et bien qu'ils fussent des intimes, Orsini jalousait mon père qui, en retour, le méprisait. Quand celui-ci quitta Villefranche, il était furieux. Il se jura sans doute que cette fausse amitié avait assez duré, et qu'il était temps d'y mettre un terme.

Souvent, j'ai imaginé l'état d'esprit de cet homme lorsqu'il remonta dans sa voiture. Il devait être content d'avoir attisé, une fois encore, l'envie d'un collègue avec lequel il avait toujours eu des comptes à régler. Il devait sentir, autour de lui, la douceur d'un paysage dont il chérissait chaque nuance. Il devait penser à cette très ancienne passion de la beauté qui avait gouverné sa vie et qui, en de si nombreuses occasions, l'avait engagé à préférer l'art aux humains. Le souvenir de ma mère, ce jour-là, lui revint-il en mémoire ? Aurait-elle aimé ce dessin ? Le lui aurait-il offert ? De toute façon, il ne parlait jamais d'elle. Il s'efforçait même de ne jamais y penser.

Se laissa-t-il alors distraire ? Voulut-il, en conduisant, vérifier un détail du dessin qu'il avait dû poser à côté de lui ? Eut-il un accès de chagrin, comme chaque fois que le souvenir de ma mère lui revenait ? Toujours est-il que, peu après son départ, en longeant une corniche à la sortie de Villefranche, sa voiture fit une embardée, heurta un cèdre, bascula dans le ravin. On retrouva son cadavre parmi les pierres et la ferraille. Et ce dessin, miraculeusement intact malgré son encadrement brisé, fut le témoin muet de son agonie. Quand on me le restitua, tout juste était-il taché d'un peu de sang, et l'on n'y distinguait plus le visage de la femme devant son portique. La joie et la légèreté avaient achevé leur course dans un amas de tôle. La mort avait, ce jour-là, ensanglanté l'allégorie d'un été qui fut la dernière vision que mon père emporta du monde. Depuis, je me méfie de cette saison. Elle me paraît, plus que toute autre, propice à la tragédie.

– 37 –

Aurore m'aurait préféré Canteleu ? Cela n'avait aucun sens. Quel besoin, en effet, aurait-elle eu de le rejoindre ? Pour son argent ? Je ne pouvais le croire. Par amour ? Je n'y croyais pas davantage car cet homme, que j'avais vu, n'inspirait guère ce sentiment. Ne me l'avait-elle pas prouvé, dès le premier jour, en se défaisant si volontiers du bracelet qu'il lui avait offert ? Ce Canteleu, sur lequel je m'étais renseigné, était de plus un individu sans relief, et on ne lui prêtait que des aventures scandaleuses ou sordides. Pourquoi, alors, lui serait-elle revenue ? Il y avait certainement autre chose. Un secret ? Un chantage ? La volonté d'être plus libre dans une liaison où l'amour n'entrerait pour rien ? Je ne comprenais pas. Le chagrin transforme toujours en inconnus ceux qui en sont la cause. En marchant dans les rues rafraîchies par l'orage, je tentai de remettre mes idées en ordre. En premier lieu, Orsini m'avait peut-être menti. D'après mon père, qui s'en agaçait, il mentait sans cesse. Mais pourquoi l'aurait-il fait avec moi ? Il n'était pas inconcevable, bien sûr, qu'Aurore ait prévenu Canteleu de notre séparation, puisqu'il arrive qu'une femme fasse des confidences à un ancien amant. Le banquier se serait ensuite prévalu d'une reconquête auprès d'Orsini qui, à son tour, en aurait rajouté. Ces raisonnements, combinés à d'insaisissables craintes, me tourmentaient comme une nuée d'insectes.

– 38 –

Avant de rencontrer Aurore, et avant qu'elle ne disparaisse, je ne savais pas qu'un amant abandonné pouvait devenir une créature aussi démunie que je l'étais alors. Et j'ignorais que cet amant, déjà privé de l'être qui donnait un sens à sa vie, devait encore faire le deuil de cette part de lui-même qu'il avait versée dans l'être enfui. Cette deuxième épreuve me détruisait plus sournoisement que la première. J'avais soudain la certitude que mon cœur battait hors de ma poitrine. Que le principe de mon existence m'échappait et s'agitait au loin. J'étais possédé, comme un dément, par un objet unique et perdu.

– 39 –

Elle m'avait rappelé peu de temps après notre conversation du musée Rodin, comme s'il lui fallait vérifier que je n'avais pas changé d'avis, et que notre contrat tenait toujours. J'étais heureux de l'entendre. Chacune de ses paroles m'annonçait une liaison joyeuse. On prit l'habitude de se retrouver dans des bars qu'elle choisissait comme on règle le détail d'une mise en scène. Elle refusait toujours de me donner son numéro de téléphone. Je devais donc attendre ses appels et me rendre, parfois en pleine nuit, aux endroits qu'elle m'indiquait. Ces appels, qui ressemblaient presque à des convocations, me désobligeaient un peu, mais j'avais décidé de n'en rien laisser paraître. J'y devinais aussi les règles d'un jeu prometteur auquel on ne m'admettait qu'à la faveur d'une certaine abdication.

Dans ces bars, Aurore ne se livrait guère.

Elle m'observait, m'écoutait et ne me posait que de rares questions. Comment faisais-je pour vivre sans exercer le moindre métier ? Qui était cette Delphine dont on lui avait parlé ? A quoi voulais-je désormais occuper ma vie ? Je pris la mesure, en lui répondant, de l'absurdité de mon existence. Pourquoi m'en étais-je contenté jusque-là ?

Ces rendez-vous clandestins ne furent pourtant qu'une étape. Un matin, sans prévenir, elle sonna à ma porte. Elle portait un long manteau et une petite toque de fourrure. Elle me souriait. Ce fut un moment fluide. J'étais rassuré. Je compris tout de suite que j'attendais cette femme depuis longtemps.

– 40 –

Depuis la mort de mon père, j'avais choisi, par facilité, de m'installer dans son appartement. Il y avait là tout un mobilier austère et disposé dans de grands salons tenturés à l'ancienne. On avait interdit à la lumière d'y pénétrer à cause des tableaux. Tout y était sombre et froid, et Aurore me surprit en ne détestant pas ce lieu dont la tristesse avait un goût de passé. Elle fit d'abord semblant de s'attendrir, s'attarda devant chaque objet, visita chacune des chambres, puis me demanda avec délicatesse si je lui permettrais de rajouter, ici ou là, quelques touches de vie. Sa proposition m'enchanta. Je la reçus comme un espoir de revanche et de blancheur.

Elle aimait les dorures, les baldaquins, les trompe-l'œil. Elle fit peindre, sur de mornes plafonds, des ciels vaporeux et mauves. Les tentures anciennes disparurent. Elle acheta des bibelots sans valeur qu'elle disposait avec fantaisie. Elle y installa une panthère empaillée, des bustes d'inconnus, une harpe, et des papillons épinglés au-dessus de leurs noms latins. Très vite, la lumière revint et Orsini m'acheta plusieurs tableaux qui n'avaient plus leur place en plein jour. Pendant plusieurs semaines, Aurore se consacra avec tact à cet embellissement. Quand tout fut achevé, nous nous retrouvâmes, elle et moi, comme deux acteurs sur une nouvelle scène. Le décor était planté. Quels rôles devions-nous choisir ?

– 41 –

Il ne m'avait fallu que quelques jours pour éconduire les êtres qui n'avaient plus rien à faire dans ma vie. J'avais invité Delphine dans le restaurant où nous allions d'ordinaire, et ce fut rapidement expédié. Péroraison cruelle de l'amant qui n'aime plus : « restons amis, voulez-vous ? », « dois-je vous rendre vos lettres ? », « mais non, elles vous appartiennent »...

Delphine essaya de retenir des larmes. Je n'hésitai pas, avec succès, à en faire autant. Rien n'est plus agréable que de prononcer des paroles d'affliction quand on se sait déjà promis à une nouvelle félicité.

— Mon Dieu, comme nous nous sommes aimés, murmura-t-elle en pressant ma main...

Je n'éprouvai aucune honte. Aucun remords. Au contraire, je fis en sorte que Delphine se sente coupable. De quoi ? Je n'en avais pas la moindre idée. C'est elle qui, dans le secret de son âme, dut identifier un de ses crimes et me demanda pardon. Elle se sentait coupable ? Elle méritait donc de l'être.

Puis le beau regard de Delphine finit par me convaincre que j'augmenterais ma joie en éprouvant un peu de chagrin. Après tout, ne s'était-elle pas conformée, depuis le début, à l'idée que l'on se fait d'une passion? Noblesse de caractère, ardeur feinte ou réelle, tendresse, dévouement. Tout cela s'était pulvérisé contre l'allégresse plus grande que j'escomptais. Mais, puisqu'il me fallait paraître triste à mon tour, je la priai de me permettre de quitter la table. Elle me répondit qu'elle n'aurait pas la force de rester seule dans ce restaurant qui nous avait si souvent abrités, et elle préféra partir la première.

Dès qu'elle eut passé la porte, je m'avisai qu'il était tout de même temps de déjeuner et les serveurs, qui flairaient un drame, furent rassurés en voyant mon appétit. Tout semblait en ordre de ce côté-là. J'étais sorti de cette longue histoire comme on retire sa main d'un gant.

Avec les jeunes filles, ce fut encore plus facile puisqu'il me suffit de disparaître. Les plus rouées ne prirent même pas acte de ma désertion. Les moins divertissantes insistèrent pour me revoir et je fus, à leur endroit, d'un laconisme dont la cruauté aurait dû m'alerter sur ma mauvaise nature.

Mais il est si tentant d'opposer un profil d'acier à des créatures vulnérables. Elles se fustigent au premier froncement de sourcil. Elles s'accablent avant même qu'on ait eu le temps de leur faire un reproche. Elles vont rater leur vie. Elles le savent. Elles voudraient commencer tout de suite.

Les meilleures d'entre elles retiendront peut-être la leçon et, un jour, elles s'exerceront à la méchanceté aux dépens d'un plus faible. Tout cela n'est qu'un interminable carnage.

Pendant les jours que je consacrai à cette série de ruptures, je me conduisis comme un individu abject. De temps à autre, un reste de morale m'empêchait de savourer tout le suc de mon abjection. Je craignais sans doute, par superstition, que le sort ne se vengeât en me réservant, pour plus tard, des humiliations comparables.

Je me rassurai cependant en pensant que le sort n'avait aucune raison de tenir une balance égale entre le mal et le bien. Et qu'il ne se souciait guère de punir ceux qui abusent de ses faveurs provisoires. Innocenté par moi-même, je passai en revue, mais en vain, ce qui, dans l'histoire des passions, m'eût permis de supposer le contraire.

Quand je revis Aurore, plus tard, et que j'eus la faiblesse de lui faire savoir qu'elle était désormais la seule femme de ma vie, elle me répondit d'une voix tranchante :

— Je déteste toujours les sentiments que j'inspire...

– 42 –

Dès le début, entre nous, il y avait eu son corps. Et ce corps, toujours absent, nous séparait.

— Pas très grave, m'avait-elle dit...

J'avais parfois rencontré des corps de cette sorte et je m'y étais ennuyé. Mais les femmes qui les habitaient, en général, recevaient leur indifférence comme une malédiction. Elles la déploraient. Elles se lamentaient, ou feignaient, devant leur plaisir insaisissable.

Curieusement, Aurore semblait à l'aise dans ce corps où elle s'était presque exilée.

Elle s'en servait comme d'une armure de

chair parfaite, souple, docile, mécanique. Elle s'y était mise hors d'atteinte. Elle ne regrettait pas son plaisir. Elle s'en méfiait.

Le plus étrange, c'est que cette froideur, très vite, m'avait attiré. Je m'y étais avancé comme dans un paysage inviolé et neigeux. Et cette froideur me parut bientôt désirable pour elle-même.

Dès que je m'approchais d'Aurore, mon exaltation était décuplée par tout ce qui, dans son être, m'échappait. Chaque fois, je me disais que la passion m'inspirerait le geste, le souffle, la ruse, que son insensibilité attendait. Je devins, chaque fois davantage, avide d'un plaisir qui se dérobait.

Je n'avais pas tardé à préférer cette froideur au contentement facile de mes jeunes filles. Ou aux frissons prévisibles de Delphine.

Avec Aurore, j'étais requis par une absence sacrée. L'amour m'avait investi d'une mission. Je m'étais convaincu, de plus, qu'une certaine forme de grâce et de virginité s'attachait à tant d'indifférence.

Et m'était revenue cette intuition inquiète et oubliée depuis l'enfance, selon laquelle le plaisir aurait partie liée avec quelque impureté.

Comme le tintement d'un verre qui, dit-on, annonce toujours à la mort de quelqu'un.

– 43 –

La femme qui m'accueillit, dans sa maison de Saint-Cloud, avait des yeux très noirs et un visage d'une pâleur extrême. Une soixantaine d'années. Peut-être moins. Grande, élégante, fragile. Encore enjouée malgré les cernes qui lui faisaient une expression tragique. Elle m'attendait dans un jardin où l'on avait placé, pour une réception, plusieurs tables dressées aux chandelles avec des bouquets de lys. Des domestiques s'affairaient dans ce décor raffiné et fade comme celui d'une auberge de luxe. Je m'étais assis dans un fauteuil de velours dont le dossier était hérissé de deux têtes de lion. Tout, en ce lieu, semblait courir après un apparat sans moyens. Je ne savais pas ce que je venais chercher auprès de cette femme qui m'observait derrière l'éventail qu'elle agitait parfois d'un mouvement paresseux et brisé.

Elle avait peu de temps à m'accorder. Des invités arriveraient dans moins d'une heure. Elle devait encore vérifier quelques détails pour son dîner.

— Depuis votre appel d'avant-hier, je pense beaucoup à vous. On ne se connaît pas, mais j'aimerais pouvoir vous aider. Si vous avez des questions à me poser...

Et je lui ai tout raconté. Ma rencontre avec Aurore, nos derniers jours, cette disparition soudaine, ce numéro de téléphone. Mes phrases se bousculaient. J'étais confus de me livrer avec tant d'impudeur. Mais à quoi bon feindre un détachement que ma seule présence, dans ce jardin, suffisait à démentir ? Elle comprit que je souffrais et cette souffrance, sans l'émouvoir, jeta une lueur de curiosité dans son regard. Je ne savais rien de cette femme. J'ignorais même son nom.

— Appelez-moi Angelica...

Puis, avec une mine plus frivole, elle me proposa du thé glacé. Chacune de ses manières suggérait l'habileté d'une femme qui sait, ou a su, s'y prendre avec les hommes. Sa voix et ses gestes trahissaient une nature ardente par habitude.

— Vous devez comprendre, reprit-elle, qu'il est encore temps d'en rester là... Si je commence à vous éclairer, à vous raconter des choses, cela nous mènera assez loin... Etes-vous bien sûr d'en avoir envie ?

Oui, j'en avais envie. Car l'incertitude met l'amant au supplice. Et je pensais que ma douleur s'apaiserait devant n'importe quelle révélation, fût-ce celle d'une turpitude. J'aurais été déçu, sans doute, de ne devoir mon tourment qu'à l'humeur d'une amoureuse qui ne l'est plus. Et je préférais, de beaucoup, que mon angoisse fût soufflée par une explosion de colère ou de jalousie. Je la suppliai donc de me parler franchement. Que lui voulait Aurore, ce matin-là, avant de fuir sans explication ?

— En effet, Aurore m'a téléphoné la semaine dernière. Mais je n'ai pas le droit de vous en raconter plus...

Elle hésita. Et cette hésitation signifiait peut-être qu'elle ne voulait pas trop en dire. Ou qu'elle voulait, au contraire, me faire comprendre qu'elle allait dire des choses importantes.

Elle se leva, vérifia ses plans de table, rectifia l'équilibre d'un bouquet afin de me signaler que ses invités pouvaient désormais surgir d'un moment à l'autre. Préparait-elle ses confidences ? Calculait-elle, avant de trahir un secret, le profit qu'elle en tirerait ?

Une femme de chambre proposa encore du thé glacé et Angelica la congédia dans une langue que je reconnus car j'en avais déjà cueilli le son sur les lèvres d'Aurore. Elle était polonaise. Elle ajouta que les Polonaises ont une grande expérience de la passion et des êtres qui y succombent.

En me parlant, elle s'était approchée d'un bouquet de lys.

— J'adore les lys. Je ne connais pas de fleur plus noble, plus royale... Autrefois, les hommes qui voulaient me plaire savaient qu'il fallait d'abord m'envoyer des bouquets de lys...

Cette façon d'attiser mon impatience me fut odieuse. Qu'avais-je à faire du goût de cette femme pour les lys ? Et de sa nostalgie du temps où elle en recevait ? Je m'impatientai. J'étais venu pour parler d'Aurore, et pour rien d'autre.

— Mais calmez-vous, il s'agit déjà d'Aurore... Car, entre elle et moi, tout a commencé avec des lys...

Elle fit encore quelques pas, me désigna

une place, près d'elle, sur un canapé de jardin, et commença enfin :

— Savez-vous seulement quelle sorte de femme était Aurore ?

Elle se reprit.

— Mais suis-je bête ? On n'aime que des inconnus, n'est-ce pas, et vous devez être comme tout le monde...

J'eus l'intuition, à cet instant, qu'elle s'éloignait déjà de ce qu'elle avait eu, dans un premier mouvement, envie de me dire.

— Bon, mettons d'abord les choses au point. Savez-vous, par exemple, qui je suis ? Et savez-vous d'où vient ma réputation dans un certain milieu ?

Mon silence la fit sourire.

— Tout est si compliqué, voyez-vous... Il nous faudrait beaucoup de temps pour parler de cela... Et mes invités qui vont arriver...

Je lui dis alors que j'avais déjà accompagné Aurore dans cette maison pour une séance de travail avec un photographe. Cette précision lui parut importante.

— Ah, vous n'êtes donc pas aussi ignorant que je le craignais...

Elle se saisit d'une petite boîte en or, l'ouvrit, et versa sur le revers de sa main un peu de poudre blanche qu'elle inspira d'un seul coup. Elle eut, brièvement, un regard livide, puis me tendit la petite boîte.

— Vous en voulez ? Avec cette chaleur, ça ne fait pas de mal...

Devant mon refus, elle se méfia. Mais la drogue fit son effet, et elle redevint charmeuse. Elle s'engagea alors dans un récit qui dura plus longtemps qu'elle ne me l'avait laissé espérer. Je me souviens de ses premiers mots :

— Ce matin-là, Aurore était malheureuse. Elle avait besoin de moi...

– 44 –

On se persuade volontiers que seul l'avenir est mobile tandis que le passé serait la dépendance stable du temps. Ce qui n'est pas encore advenu appartiendrait ainsi à un ordre modifiable tandis que, du côté du temps accompli, nul ne saurait retoucher une réalité irréversible. De ce fait, l'inquiétude, qui est l'autre nom de notre perception du possible, n'aspire qu'à se nourrir de ce qui nous attend.

Et une certaine forme de sérénité enveloppe, fût-ce à la manière d'un linceul, ce qui est révolu. Or, tout cela, que je tenais pour acquis, me parut inexact après les premières confidences d'Angelica. Je venais de découvrir, en l'écoutant, que le passé pouvait à son tour devenir mobile et inachevé. Qu'il recelait des gisements de surprises pour celui qui le découvre tel qu'il fut. Et mon inquiétude, pressée de conquérir des régions interdites, se précipita dans ce passé comme une furie. Elle s'y empara de ce que je croyais avoir déjà vécu. Son acide se mit à attaquer chacun de mes souvenirs. Tout ce que j'avais connu auprès d'Aurore bascula, par bribes, dans un ordre incertain. Le sol se déroba sous chaque épisode de notre vie passée. Et ma mémoire elle-même ne fut bientôt qu'un champ de mines. Je risquais, à chaque pas, d'y être pulvérisé.

– 45 –

Ce matin-là, tandis que je nageais, Aurore avait donc appelé Angelica. Elle semblait malheureuse et, en l'apprenant, je ne compris pas d'où ce malheur pouvait bien venir. N'étions-nous pas, dans notre chambre du Grand Hôtel, plus proches que jamais ? La soirée et la nuit n'avaient-elles pas été presque parfaites ? Mais Angelica ne doutait pas de ce qu'elle avait entendu. Une voix angoissée. Une panique. Comme si Aurore s'était retrouvée dans une sale situation dont elle devait sortir au plus vite. Elle lui avait demandé de l'héberger pour quelques semaines. Elle devait prendre un avion et arriver à Saint-Cloud en fin de journée.

— Je l'ai attendue, mais elle n'est pas venue. Sur le moment, cela m'a fait un peu de peine...

Avant d'évoquer Aurore, Angelica avait cependant tenu à faire un détour par sa propre histoire.

— Pour comprendre la suite, il faut que je vous parle un peu de moi...

Et, tout en me parlant, elle lacéra un lys de ses ongles longs et peints...

Pour elle, tout avait donc commencé trente ans plus tôt. Elle débarquait alors de Pologne, elle ne connaissait personne à Paris, et elle était pauvre bien que, me dit-elle, il y eût un peu de sang royal dans sa famille.

Elle n'avait que sa beauté, elle s'en était servie. Beaucoup d'hommes. Une existence désordonnée. Des hauts et des bas. Avec l'âge, heureusement, sa situation devint moins précaire.

— J'étais très entourée. Je plaisais. J'ai donc rendu quelques services aux uns et aux autres. J'organisais des rencontres, des rendez-vous. Vous voyez ce que je veux dire...

Elle s'était alors installée dans cette maison de Saint-Cloud, et ce fut pour elle le début d'une autre carrière. Elle aidait des amis à fuir leur solitude. Elle recevait beaucoup ou donnait des petites fêtes bien innocentes. Pas davantage. Il fallait avoir l'esprit mal tourné pour trouver là de quoi s'indigner.

Il y eut encore des hommes dans sa vie, mais moins nombreux, et le cœur n'y était plus. Un Italien se mit pourtant à la courtiser avec assiduité. C'était, de plus, un de ces chirurgiens à la mode qui prétendaient embellir les femmes. Il vivait à Rome. Et, chaque jour, il lui faisait livrer des fleurs, surtout des lys, car elle adorait les lys, bien sûr, à cause du sang royal qui coulait dans ses veines.

Un soir, alors qu'on livrait le bouquet quotidien, elle eut tout de même le temps d'apercevoir la fleuriste, une jeune fille, dont le visage très pur retint son attention. Celle-ci dut le deviner car elle s'arrangea pour revenir le lendemain, et les jours suivants. L'Italien, si jaloux, ne se doutait pas qu'en envoyant tant de lys, il favorisait une intimité inattendue. Les deux femmes se rapprochèrent. Une complicité s'esquissa. La jeune fleuriste avait l'air d'un chat perdu et Angelica se souvenait qu'elle avait eu ce visage-là lorsqu'elle était arrivée à Paris.

La fleuriste était intelligente et sensible. Angelica lui proposa d'entrer à son service. Elle éprouva, sans raison, des sentiments presque maternels à l'endroit de cette jeune fille. Peut-être avait-elle des intentions plus obscures.

Tout cela se passait cinq ans plus tôt. Et je compris, sans qu'on m'en dise davantage, que cette fleuriste, c'était Aurore.

Angelica me parlait depuis plus d'une heure quand elle fut prise d'un malaise que je reçus d'abord comme une manière courtoise de me congédier. Mais, avant même que je n'eusse le temps de m'en inquiéter, un mince filet de sang coula de ses narines. Ce sang, presque noir, souligna sa pâleur. Quelques gouttes tachèrent sa robe. On l'aida à s'allonger sur le canapé. La femme de chambre qui lui apporta un mouchoir semblait avoir l'habitude de ce genre d'incident. Angelica était confuse. Elle me pria de ne pas la regarder.

— Il vaut mieux que vous partiez. On se reverra demain...

Puis elle ferma les yeux. Elle était lasse. Elle eut tout de même assez d'énergie pour déployer son éventail sur lequel je remarquai des motifs libertins. Quelques monstres s'y enlaçaient à des chérubins brodés.

– 46 –

Que m'importait, après tout, le passé d'Aurore ? Et n'était-ce pas à ce passé, fût-il déplaisant, que je devais la façon d'être de la femme que j'aimais ? Si l'on m'avait proposé, par enchantement, d'effacer tout ce qui avait fait son existence avant qu'elle ne me rencontre, mais au risque de la transformer en une personne qui ne serait plus celle, si particulière, qui m'avait plu, il n'est pas certain que je m'en serais réjoui. L'amour rend cruellement nécessaire tout ce qui effraie dans le passé de l'être aimé. On y devient, jusqu'à la démence, indulgent pour les défaillances qui, plus tard, feront souffrir, mais auxquelles on est redevable du charme unique de la créature qu'on adore. Le récit d'Angelica, avec ses insinuations retenues, m'avait contrarié. Mais cette contrariété m'avait aussi rapproché d'Aurore. C'était une proximité douloureuse. Une alliance d'âmes séparées et mystérieusement promises l'une à l'autre dans le temps. Après tout, que pouvais-je reprocher à cette jeune fleuriste dont le visage était aussi pur que son bouquet de lys ? Et qu'y avait-il de si grave à ce que son destin ait croisé celui d'une femme comme Angelica ? Ce début de vérité n'avait détruit que la part la plus friable de mes sentiments. Dans ma tête, tout se réorganisait comme une troupe qui, d'abord disjointe, se reforme et soigne ses blessés. J'étais triste. Cette tristesse tenait moins à ce que l'on m'avait appris qu'à l'intuition de ce qui, désormais, rendait mon amour vulnérable. Mais, dès que le présent injecte son venin, la mémoire, qui ne veut jamais en rester là, s'arrange pour le consoler avec un morceau de passé heureux.

Tandis que je m'éloignais de Saint-Cloud, ce jour-là, cette mémoire m'avait ainsi lancé vers le souvenir d'une matinée qui, malgré moi, me procura un instant de paix...

– 47 –

Dans ce souvenir, je me trouvais avec Aurore, quelques semaines auparavant, du côté de la place des Ternes. Nous avions été intrigués par la vitrine d'un magasin où l'on vendait des partitions de musique, des métronomes en bois précieux, des instruments anciens. Aurore avait eu l'idée d'y acheter un clavecin et nous étions entrés à tout hasard. Elle avait, en cette saison, l'allure d'une actrice américaine qui visite le Paris des années cinquante. Chapeau à large bord, foulard, gants de fine peau, tailleur clair. Ce magasin était tenu par une femme assez belle qui, tout de suite, observa Aurore d'une manière qui ne trompait pas. Aurore le remarqua et se pencha vers moi :

— Amusons-nous un peu...

Puis, tout en l'interrogeant sur les différentes sortes de clavecin, elle lui retourna des œillades malicieuses.

Aurore m'avait prévenu. Il lui arrivait d'être happée par des désirs de passage, et elle s'en divertissait sans attendre. Rien ne les annonçait. Aucune risée, sur son regard d'eau sombre, ne précédait ce coup de vent. Or, un désir de cette nature, à moins que ce ne fût un jeu, semblait avoir jailli en présence de cette femme dont l'aspect, en d'autres circonstances, n'aurait guère retenu son attention. Une conversation s'engagea dans le magasin désert en cette fin de matinée. La femme, dont les yeux dévoraient toujours Aurore, lui adressa des compliments. Elle aimait ce chapeau, ces gants, ce foulard. Aurore l'encourageait en retour avec des manières de coquetterie. Est-ce donc ainsi que les femmes se plaisent et se le disent ? J'hésitai : était-ce vraiment un jeu ? Que s'agissait-il de me prouver ? Aurore se rendait-elle compte de ce qu'elle faisait sous mes yeux ou le faisait-elle, précisément, parce que j'en étais le témoin ? Quelques minutes plus tard, l'inconnue nous invita à visiter une remise à laquelle on accédait par un petit escalier, et elle ferma au verrou la porte de son magasin.

Aurore s'amusait. Elle expérimentait, devant moi, chaque ressource de son charme. Et elle me lançait des petits regards qui signifiaient : « Tu vois, rien ne me résiste, et je tiens à ce que tu le saches... » Dès que nous nous retrouvâmes dans une pièce encombrée de pupitres, de clavecins et de harpes, elle fit semblant de s'intéresser aux instruments tout en laissant planer un doute sur ses autres intentions. Puis elle prit son foulard et elle le passa, comme on prêterait un vêtement, autour du cou de l'inconnue qui, dans sa confusion, ne disait pas un mot.

— Il vous va bien...

Et, en souriant, elle en fit un bandeau qu'elle lui noua autour des yeux. L'autre était intimidée par tant d'audace. Aveugle, ne sachant ce qui allait se passer, elle tendait presque ses bras. C'était à la fois drôle et pathétique.

Soudain, Aurore se tourna vers moi, me prit par la main, et m'entraîna hors de la remise, sans même une parole pour la malheureuse, si ridicule, que nous y laissions. Dès que nous fûmes dans la rue, elle éclata de rire, et je ris aussi. Elle était ravie de cette plaisanterie cruelle. Elle avait vérifié sa séduction. Le reste lui était indifférent.

— N'est-ce pas drôle ? On peut faire n'importe quoi avec les gens. Ils sont toujours d'accord...

Dans une brasserie, ensuite, on nous servit comme au premier jour des huîtres et du vin blanc. Des fleuristes, sur la place, vendaient leurs bouquets. Elle m'avait demandé de lui acheter quelques lys qu'elle disposa autour de son chapeau. Elle m'embrassait. Nous nous moquions de tout. De cette pauvre femme et de ses clavecins. De sa perversité qui valait bien la nôtre. Du foulard qui avait été perdu dans l'affaire. Les yeux d'Aurore pétillaient. La vie y avait versé tout un flot de fraîcheur et d'ironie. Nous étions-nous jamais aimés plus légèrement ?

– 48 –

Je revis Angelica dès le lendemain. Je l'avais rappelée, comme convenu, et nous nous étions retrouvés dans un restaurant d'hôtel où, du concierge aux serveurs, chacun la traitait avec une considération familière.

La veille, dans la lumière déclinante de son jardin, je n'avais pas remarqué ses rides, ni ses yeux si noirs qu'on n'en distinguait pas la pupille. Ils luisaient maintenant, dans son visage, comme deux morceaux d'onyx au milieu d'une mosaïque.

Qu'avait-elle encore à me dire ? Qu'espérait-elle ? Cette femme, en tout cas, avait aimé Aurore, et elle ne l'aimait plus.

— Où en étions-nous ? Ah, oui, l'Italien... Je l'avais connu grâce à une de mes filles... Car j'ai toujours eu de bonnes filles dans ma petite famille... Elles étaient aussi seules que je l'avais été, je leur présentais des hommes riches, on s'amusait...

Était-elle en train de m'apprendre qu'Aurore avait été recrutée pour ce genre d'amusement ? Elle m'arrêta :

— Non, avec Aurore, c'était différent. Il y a cinq ans, elle n'était pas encore une jolie femme. Un corps d'adolescente, une petite poitrine, aucun savoir-faire, et taciturne avec ça...

Elle devint presque nostalgique.

— Si je n'avais pas été là, Aurore n'aurait jamais rien su de sa beauté...

Sa nostalgie s'était déjà éloignée.

— Aurore n'avait pas eu de chance. Elle avait grandi dans une famille détestable. Son père, surtout, devait être un individu assez louche. Il l'obligeait à se déshabiller devant lui et la pauvre enfant ne s'était jamais défaite de cette première humiliation...

Aurore s'était donc installée à Saint-Cloud. Elle se rendait utile en aidant Angelica dans l'organisation de ses dîners ou de ses réceptions, et s'en acquittait avec une élégance naturelle qui fit bon effet. De son côté, Angelica s'était prise pour elle d'une affection dont la nature m'échappait. Elle lui avait donné des robes. Elle lui offrait les services d'un professeur de polonais comme elle l'aurait fait avec son propre enfant. Elle l'emmenait ici ou là. Elle aimait bien la présence de cette fille humble et hautaine qui posait, sur chacun, un regard sévère.

A ce moment, Angelica changea de ton. On s'approchait sans doute d'un événement dont elle n'avait pas conservé un bon souvenir.

— Au bout de quelques mois, Aurore avait pris de l'assurance. Elle avait toujours son air de chat perdu, mais elle avait deviné qu'on pouvait s'en servir comme d'une arme. Les hommes commencèrent à lui tourner autour, elle devint plus sournoise, elle se fit la main sur quelques naïfs...

Angelica avait été assez fière de cette élève qui apprenait vite. Ensemble, elles firent des voyages. Elles passèrent beaucoup de temps à Rome, chez l'Italien qui envoyait des lys.

— Celui-là, je me l'étais gardé pour moi... Il avait l'air de m'aimer, il voulait effacer mes rides, rajeunir mes seins, et même m'épouser ! Je n'étais pas mécontente à l'idée de me reconvertir en grande dame romaine... Mais c'est là qu'Aurore a choisi de me jouer un vilain tour. Elle a tout fait pour que l'Italien, qui s'enflammait pour un rien, devienne fou d'elle. Et quand elle y est parvenue, ils m'ont, tous les deux, priée de rentrer à Paris...

Elle ouvrit son sac. Elle y cherchait sa petite boîte en or.

— J'ai été humiliée... J'aimais Aurore comme une mère, je vous l'assure... Et puis, je venais de comprendre que j'avais vraiment vieilli.

A quoi bon en savoir davantage ? Et à quoi m'aurait servi d'obtenir plus de détails sur ce qui avait suivi cet épisode romain ? Tout ce qui s'annonçait me parut prévisible et inutile. J'allais le dire à Angelica lorsque celle-ci, qui avait habilement préparé son effet, me jeta un regard diabolique :

— Vous aimeriez bien savoir ce qui s'est alors passé, je suppose ?

J'avais amorcé un geste de refus lorsqu'elle ajouta :

— Alors, pour en savoir plus, il faudra me donner de l'argent, beaucoup d'argent...

J'étais stupéfait. Elle m'observait calmement. Nous étions seuls dans ce restaurant. Elle s'était dépouillée de ses manières charmeuses. Elle négociait maintenant comme une femme d'affaires qui pose ses conditions.

Et, à mon étonnement, ce que j'étais prêt à m'épargner dès lors qu'on me l'infligeait, me parut désirable puisqu'on voulait me le vendre. J'étais déconcerté par ce marchandage. Je l'étais plus encore par ma réaction.

– 49 –

J'avais donc choisi d'aimer une femme qui, dès le premier jour, me fit comprendre que personne ne saurait mieux qu'elle me faire souffrir. Et j'avais su, par une intuition morbide, l'identifier entre toutes. Dans ce piège, Aurore n'avait elle-même tenu qu'un rôle secondaire. Et si je l'avais aimée, si je l'aimais encore, c'était bien dans l'espoir de m'affaiblir par un peu d'expiation. Il est facile, à partir de là, d'admettre que le vrai mystère ne se tenait pas, ne s'était jamais tenu, de son côté, mais du mien. Et ses mensonges, au fond, furent moins obscurs que ma hâte à en jouir. La trahison, sous cet angle, ne fournit que de pauvres indications sur le traître. Elle ne renseigne, sur lui-même, que celui qui brûle d'en être la victime.

– 50 –

Avant de n'être qu'un processus d'anéantissement, l'amour est garant de la splendeur du monde.

C'est, avant l'agonie, un puits dans le désert. Un bloc d'absolu parmi les choses. Une arche de survie avant le déluge qu'il provoque.

C'est, dans l'universelle dégradation, le seul refuge contre la dégradation.

Il est étrange que l'on implore ce sentiment, de tous le plus précaire, pour y forger notre meilleure intuition de l'éternité.

Et étrange que l'on demande à ce futur morceau de cendre la preuve d'une réalité incorruptible.

L'amant qui parie sur son amour est semblable à celui qui, observant un sablier, croirait tenir la preuve de l'inexistence du temps.

En disparaissant, Aurore m'avait renvoyé à un monde périssable où elle me torturait à distance.

Avec elle, avec l'exaltation que je lui devais, je valais plus que moi-même. Sans elle, je n'étais rien.

J'allais vieillir. Et mourir. Et rejoindre ce coin de néant dont elle seule m'avait dérouté.

– 51 –

Angelica avait refusé que je lui fasse un chèque. Elle voulait de l'argent liquide.

— Rien ne presse... Cela me vaudra le plaisir de vous revoir.

Quand elle me quitta, elle n'avait encore rien révélé qui me fût absolument intolérable. Je redoutais le pire. Je m'y acheminais. Mais Aurore, jusque-là, n'avait rien commis d'infâme. Je devinais pourtant, dans le récit qui m'attendait, le profil d'une femme qui, malgré tout, n'était déjà plus celle que j'avais aimée.

Au lieu d'y amarrer un début de mépris, d'indifférence, de colère ou de quelque autre sentiment susceptible de me libérer, j'avais choisi au contraire de me passionner pour l'inconnue qui sortait de sa brume.

Cette passion, distincte de l'ancienne, n'était pas moins exigeante. Je la sentais plus trouble. D'une autre nature.

— Vous ne serez pas déçu, avait ajouté Angelica...

Elle avait voulu me dire, bien sûr, que je le serais.

Je lui avais promis cet argent. En échange, elle devait tout me raconter. Elle me répondit que cette prochaine conversation, et ce qui s'y dirait, ne dépendait que de moi.

Ce qui s'ouvrait, c'était la porte d'un autre monde. Je pouvais y entrer ou passer mon chemin.

Tous les amants meurtris finissent par

ressembler à Orphée. Comme lui, ils s'engagent dans un royaume d'ombres pour en ramener celle qu'une mort, ou une trahison, leur a provisoirement ravie.

Je me souvins que, dès notre premier rendez-vous au musée Rodin, Aurore m'attendait devant la sculpture qui représentait la *Porte de l'Enfer*.

– 52 –

J'avais dû me rendre à Rome, au printemps, pour y rencontrer un antiquaire avec lequel mon père, avant sa mort, entretenait de bonnes relations. Aurore avait insisté pour m'y accompagner et cet empressement m'avait persuadé que nous étions déjà, comme de jeunes amoureux, incapables de supporter la plus brève des séparations. Pourquoi avait-elle prétendu ne pas connaître cette ville ? Comment avait-elle pu feindre, dès que nous y fûmes, un éblouissement neuf en découvrant la Piazza Navona ou les rives du Tibre ? C'est là un mystère que les premières confidences d'Angelica dissipaient à peine. Sur le moment, ce furent pourtant des jours merveilleux. Elle visitait la ville tandis que je négociais quelques tableaux, puis nous nous retrouvions dans notre chambre d'hôtel ou à la terrasse d'un restaurant.

A Rome, tout la ravissait. Les statues furieuses du Bernin, la forme des néfliers et des pins parasols, l'abondance des glycines sur la façade des palais. Un matin, alors que nous traversions une ruelle aux abords du château Saint-Ange, elle s'arrêta devant la grille d'un jardin dont l'allée de palmiers conduisait à une belle demeure. Pas un mot. Quelques nuages dans ses yeux. Mais, dès que je voulus la rejoindre dans ses pensées, elle se contenta, comme d'habitude, de poser un doigt sur mes lèvres. Après cela, insensiblement, c'est elle qui me guida dans ce quartier que je connaissais mal. Elle m'emmena ensuite du côté de la porte Labicana. Il y avait là, près d'un temple de Vénus, un sanctuaire de l'oubli où les anciens Romains venaient implorer des divinités qui parvenaient, dit-on, à les libérer du passé. Elle aimait qu'il eût existé, dans une religion intelligente, des puissances capables d'arracher, en chaque être, les souvenirs dont on ne veut plus. Ce jour-là, elle m'avait chanté un air de Mozart, *Dove sono i bei momenti*... Puis ce fut le crépuscule. Elle ne me parut jamais plus émouvante que dans la lumière romaine.

Le soir même, nous devions dîner chez l'antiquaire. Aurore avait d'abord hésité à venir, puis elle y avait consenti à regret, et alors que je l'attendais dans le hall de l'hôtel, elle apparut sous un aspect que je ne lui avais jamais vu. Elle portait une perruque blonde et bouclée ainsi qu'une veste de satin grenat.

— J'ai eu envie de me déguiser...

Je la sentais inquiète lorsqu'on arriva dans une maison de la Via Appia. Elle lança un rapide coup d'œil sur les convives avant de se détendre un peu. Un homme, pourtant, ne la quittait pas des yeux, et je vis, après le dîner, qu'il tentait de lui parler en tête à tête.

— Je suis fatiguée, me murmura-t-elle. Ces gens m'ennuient, partons d'ici...

Dans le taxi, elle ôta rageusement sa perruque. Nous étions près de Campo Dei Fiori où, comme chaque soir, les maraîchers avaient rallumé le bûcher de Giordano Bruno en faisant brûler, autour de sa statue, leurs caisses de bois et de carton. Aurore semblait soulagée. On eût dit qu'elle venait de triompher d'une épreuve que j'ignorais. Ou qu'elle s'était battue, et l'avait emporté, contre des fantômes dont je ne savais rien.

Le récit d'Angelica donnait, évidemment, un relief inédit à ce séjour romain. Mais je ne comprenais toujours pas pourquoi Aurore avait ainsi tenu à se mettre en péril. A prendre le risque d'aller au-devant d'un passé qu'elle s'obstinait, par ailleurs, à me dissimuler. Peut-être avait-elle voulu, pendant ce séjour, se libérer d'un secret, et peut-être n'y était-elle pas parvenue. Elle avait dû s'en approcher de son mieux. Elle avait dû, j'en suis certain, maintes fois se contraindre à l'exorciser, ou à le partager avec moi afin que je l'en absolve, et je l'aurais volontiers absoute si elle me l'avait demandé.

– 53 –

Aurore avait, sans cesse, besoin d'argent. Il lui fallait de fortes sommes pour acheter des fleurs, des vêtements ou des bijoux qu'elle portait distraitement, puis qu'elle oubliait dans une armoire. Son plaisir, cependant, ne se tenait pas du côté de la possession. Elle avait seulement besoin de rendre toute chose accessible et, pour ce faire, elle n'avait rien trouvé de mieux que l'argent qu'elle dépensait, certains jours, avec véhémence.

Puisqu'elle me croyait plus riche que je ne l'étais, elle ne se refusait rien. Et puisqu'il lui était désagréable d'avoir à me demander quoi que ce fût, nous étions convenus que je mettrais des billets dans le tiroir d'un petit secrétaire, et qu'elle y puiserait à sa guise jusqu'à ce qu'il n'y en ait plus. Je devais alors en remettre, sans poser de questions, et elle se servait à nouveau. Ma docilité apparente avait pourtant sa propre logique et, pour autant que j'en puisse juger, je crois que je me servais d'Aurore afin de dilapider un héritage dont je me sentais indigne.

Pour me procurer cet argent, j'avais pris l'habitude de vendre ce que mon père avait accumulé. Un écritoire turc incrusté d'ivoire, cédé la veille, devint le lendemain une robe rebrodée d'or. Un pastel de Mery Laurent se transforma, pendant plusieurs semaines, en bouquets de roses et d'orchidées. Avec une Nativité de Le Sueur, elle acheta un collier de perles et une voiture de sport. Toutes ces œuvres dans le respect desquelles j'avais été éduqué, je les malmenais comme on offense sans crainte les dieux d'un culte aboli. Cette métamorphose m'amusait. J'avais l'impression de disperser la substance de mon père comme des cendres qui, jetées au vent, me revenaient sous des formes moins mortes.

Cette aisance, je le savais, ne durerait pas. Mais pourquoi m'en serais-je soucié? Il me semblait qu'une certaine forme de ruine serait, comme l'amour, de nature à hâter ma vraie naissance. Chaque fois que je vendais un tableau à Orsini, et qu'il ne m'en donnait que la moitié de son prix, je m'affranchissais d'un joug. Certains fous de Dieu, aux premiers temps de la foi, durent éprouver la même jubilation à se dépouiller. Et à jeter tous leurs biens dans un brasier, ou à les offrir à des inconnus, afin d'accéder, plus légers, à l'existence que l'oubli de soi leur avait permis d'entrevoir. J'appartenais à leur secte. Et je savais gré à Aurore de précipiter, en moi, tout ce climat de ruine et de résurrection.

– 54 –

Avant de rencontrer Aurore, je louvoyais parmi des sentiments qui ne s'adressaient qu'à une part infime de mon être. Et l'on ne m'offrait, symétriquement, qu'une part infime de l'amour dont j'avais pourtant besoin. Dans cette comptabilité étroite, je ne risquais presque rien. Je n'empochais que des plaisirs ou des déceptions secondaires. J'attendais que l'on exigeât davantage. Ou que l'on s'en remît à moi, de confiance, en m'assurant que je pouvais, moi aussi, tout espérer de quelqu'un, et devenir tout pour lui. Cette expression, d'ailleurs, me harcelait, et j'y accrochais mon idée du plus grand bonheur possible. Etre tout pour quelqu'un ? Je n'aurais su dire s'il était entré dans l'intention d'Aurore de me confier ce rôle. Mais je ne doutais pas que ce fût d'elle, et d'elle seule, que je voulais le tenir. En disparaissant, elle m'avait ainsi privé de l'essentiel. Elle avait détruit ce je ne sais quoi dont l'absence défigure et qui m'avait permis, auprès d'elle, d'être pleinement moi-même. J'avais, depuis longtemps, forgé ma solitude dans la conviction que personne n'attendait rien de moi. Et c'est là que j'avais acquis ce besoin dangereux de vérifier sans cesse la qualité de l'amour que l'on me portait. Or, pourquoi m'aurait-on aimé si je n'étais pas indispensable à l'objet de mon amour ? Il me fallait donc l'illusion de l'être. Je m'étais convaincu qu'elle seule, à cause de la douleur que je pressentais en elle, et dont je n'avais qu'un début d'intuition, pouvait me le demander.

– 55 –

Dès qu'Aurore était inquiète, il lui fallait mesurer l'étendue de son pouvoir, et je lui en avais fourni le prétexte peu de temps après qu'elle se fut installée chez moi. J'avais eu envie, en effet, de remplacer le bracelet de Canteleu qu'elle avait autrefois laissé dans notre chambre d'hôtel. Son geste m'avait plu. Je voulais y répondre, lui offrir un bracelet plus élégant, et nous l'avions cherché, au hasard de nos promenades, chez plusieurs bijoutiers. Pourtant, Aurore n'en trouvait aucun qui fût à son goût, et elle me déclara qu'il valait mieux prendre son temps pour choisir ce premier cadeau. Quelques semaines plus tard, alors que je l'avais emmenée à l'Opéra, nous y croisâmes Delphine que je n'avais pas revue depuis notre rupture. Elle m'adressa un regard douloureux. Le chagrin, comme cela arrive souvent, lui avait donné un éclat particulier et Aurore dut se sentir, ne fût-ce qu'un instant, menacée par tant de dignité. Elle ne se contenta pas, alors, de la victoire que lui procurait sa jeunesse, ni de la tristesse qu'on pouvait lire sur le visage d'une rivale humiliée. Elle en voulut davantage.

Ce soir-là, Delphine portait, sur ses gants, un bracelet d'une forme originale et parfaite. Ce devait être un de ces bijoux qu'elle dessinait elle-même et que des artisans réalisaient selon ses indications. On y devinait un mouvement gracieux. Des petits rubis s'y incrustaient dans des cabochons d'or pâle qui flottaient comme des clochettes autour du poignet. Ce bracelet plut à Aurore. Elle me demanda, sans ménagement, de me le procurer au plus vite et de le lui offrir. Je compris tout de suite que l'originalité de cet objet n'entrait que partiellement dans son désir. Elle voulait d'abord s'assurer que je l'aimais assez pour accomplir un geste aussi vil.

J'appelai Delphine. Je la revis. Je prétendis avoir été ému par notre rencontre à l'Opéra. Elle fut surprise. Puis flattée par mon émotion. Je lui laissai entendre que, bien souvent, je la regrettais, et l'espoir ne tarda pas à se rallumer dans ses beaux yeux d'amante délaissée.

— C'est trop tard, me dit-elle sans conviction.

J'acquiesçai avec empressement, tout en la priant de me donner quelque chose qui me la rappelât quand elle me manquerait trop.

— Mais que voulez-vous donc ?

Je fis semblant d'hésiter. Pas trop longtemps, de crainte qu'elle ne me proposât un objet ou un symbole dont je n'aurais su que faire, mais qu'il eût été inélégant de refuser. Je lui parlai enfin de ce bracelet. Elle me le tendit aussitôt et, quelques heures plus tard, je l'apportai à Aurore qui l'accepta en souriant. Hérode avait offert la tête de Jean-Baptiste à Salomé. Sur un registre moins tragique, mais tout aussi misérable, j'agissais de même. Et j'aurais pu me montrer encore plus misérable si les circonstances l'avaient exigé. Je fus même assez fier d'avoir pu fournir la preuve de ma vilenie. Ce bracelet, Aurore ne le porta jamais. Elle en fit une sorte de butin inutile qu'elle oublia bien vite après l'avoir distraitement contemplé.

– 56 –

Angelica était, paraît-il, souffrante lorsque je la rappelai. Les jours suivants, je ne parvins pas davantage à lui parler. A Saint-Cloud, où j'avais fini par retourner, un gardien me déclara qu'elle était partie pour le Midi. Pourquoi ne m'avait-elle pas prévenu ? Pourquoi cette hâte à me revoir, à me tenter, à me proposer ce curieux marché pour, ensuite, s'évanouir ? J'avais pourtant l'argent qu'elle m'avait demandé et que je brûlais de lui remettre. Le fil qui me reliait à Aurore me parut plus fragile que jamais.

Je m'étais assis à la terrasse d'un café près du musée Rodin. J'étais affolé comme un homme à la mer qui vient de lâcher le morceau de corde qu'on lui a jeté. Ce jour-là, j'avais observé, le cœur vide, l'incessant manège des humains. Et la prodigieuse quantité de désirs et de lassitudes en suspens parmi tous ces corps qui se flairent, se trouvent, s'évitent, se retrouvent. Je me risquai dans le jardin du musée, je me recueillis devant la *Porte de l'Enfer*, puis dans la grande salle où tout avait commencé.

Aurore allait peut-être jaillir au coin d'une rue et me prendre par l'épaule. Que ferais-je alors de cette femme qui, malgré tout, ne pouvait plus lui ressembler ? Ce que j'aurais aimé, mais que rien ne m'eût permis d'obtenir, c'est que revienne l'illusion qui m'avait déjà procuré tant de joie. Et que revienne Aurore telle que je l'avais imaginée, et telle qu'elle n'était plus. Les premières confidences d'Angelica m'avaient meurtri. J'en réclamais encore. Et le fait d'en être privé me parut plus pénible que ce qu'il me faudrait probablement subir, plus tard, lorsque de nouvelles confidences ne manqueraient pas de m'accabler.

Mon avenir s'était vidé. De sombres pensées m'avaient envahi comme un vent de poussière. Ma vie s'était échouée à la terrasse de ce café et elle refusait d'aller plus loin. Une vague qui, sur le sable, atteint sa limite la plus haute. Il ne me restait qu'à évaluer en heures, puis en minutes ou secondes, ce que cette vie aurait duré s'il lui avait fallu s'interrompre. Il doit exister, ici ou là, des sagesses qui enseignent à jouir de ces morceaux de temps réduits à eux-mêmes.

La douleur formait en moi une masse compacte et Aurore commençait à y apparaître sous d'autres traits. Elle y prenait, avec un mauvais sourire, toutes les postures d'un être rongé par des désirs étranges. Elle y était nue, comme dans son cauchemar de Vézelay, devant des inconnus qui posaient leurs mains et leurs bouches sur son corps. De ses yeux vidés par l'orgie, elle me jetait un regard moqueur.

– 57 –

Parfois, je me disais que le jour où j'avais commencé à aimer Aurore appartenait à une partie de ma vie pendant laquelle elle n'était peut-être pas encore née et où s'accumulaient en moi les raisons que j'aurais, plus tard, de l'accueillir comme un être nécessaire et unique. Oui, ce jour avait dû exister. Mais quand ? Et où ? Et que faisais-je ce jour-là ? Quelle onde en avait jailli avant de me conduire, par degrés, jusqu'à cette femme et jusqu'à ma douleur de l'avoir perdue ? J'avais, en amont des sentiments qui allaient me lier, offert à Aurore un espace vacant dont j'ignorais tout avant qu'elle n'y régnât. Son pouvoir, elle l'avait ainsi taillé dans ma substance. Et j'étais, bien sûr, le seul artisan de la solitude que je croyais lui devoir. Pour en finir, il aurait fallu que je retourne dans mon passé et que j'y supprime l'épisode dont elle avait procédé. Ou que, guidé par quelque devin qui m'aurait pris en sympathie, j'y éteigne par anticipation le désespoir d'origine que sa disparition avait ravivé.

– 58 –

Aurore avait oublié son appareil photo dans notre chambre du Grand Hôtel. Peu après mon retour, je voulus voir ce qu'il contenait et je m'étais ainsi retrouvé devant une boutique de la rue de Castiglione où elle avait l'habitude de confier ses pellicules. C'est là qu'un individu plutôt ivre m'interpella bruyamment, avant de m'empoigner avec un enthousiasme dont je ne voyais pas l'objet. Il sortait d'un taxi. Il était en compagnie de deux filles, vulgaires et sensuelles, qui gloussaient dans une langue incompréhensible. L'individu insista pour que je vienne prendre un verre, avec eux, dans l'hôtel tout proche où il habitait. L'une des filles me tirait déjà par la veste. Je n'avais rien de mieux à faire. Et ce malentendu en valait bien d'autres.

Ce n'est que plus tard, quand il commanda du champagne, que je reconnus l'Américain de Rapallo qui avait porté un toast en l'honneur d'Aurore et qui, le lendemain, m'avait adressé quelques mots sur la plage. Il était ravi de me retrouver à Paris. Il voulait fêter l'événement. Les filles venaient de Kiev, il les avait rencontrées dans un bar, elles étaient d'humeur à s'amuser. Après quelques coupes, elles se plaignirent de la chaleur, et il leur proposa de se doucher dans sa chambre. Il me demanda tout de même ce qu'était devenue la chanteuse de Rapallo. Je risquai alors quelques aveux qu'il accueillit avec des jurons fraternels. Cet Américain était débonnaire. Et ma solitude si vaste qu'il aurait pu, sur-le-champ, devenir mon meilleur ami.

Dans la chambre, tout le monde se mit à l'aise. Les filles ne firent pas de manières, l'Américain me proposa de partager son divertissement, et je les vis bientôt se diriger, tous trois, vers un lit où je n'eus pas vraiment le courage de les rejoindre. De quoi avais-je l'air, dans cette chambre, avec ces inconnus ? Leurs petits cris me parurent lugubres. L'une des filles, qui semblait navrée par mon indifférence, agita son soutien-gorge devant mon visage. Elle était ravissante et avait un front de poupée. Mais elle dut me trouver trop indécis et haussa les épaules avant de retourner vers ses partenaires.

Où était Aurore à cet instant ? Je l'imaginai un peu triste puis, aussitôt, je l'imaginai plus gaie, ou dans son bain, ou en train de peindre ses lèvres. Peut-être était-elle en train de photographier la lune. Elle me manquait. J'allumais et j'éteignais mes souvenirs comme des lampes.

Pendant ce temps, devant moi, les autres s'étaient lancés dans leur affaire. C'était une partition confuse, avec des râles, des mots ridicules, des indignations, des gémissements. Leurs corps se mêlaient dans un assaut comique. Chacun y allait de sa bouche ou de ses mains. Frissons, drôleries, insultes mièvres ou obscènes. Parfois, on me jetait un regard incendié, je faisais partie de leur excitation, je sentais que leur désir passait par moi avant de leur revenir, comme un fluide d'autant plus intense qu'il s'était chargé de ma curiosité. Est-ce donc cela qui décide de tout ? Ce brouillard de chairs et de souffles ? Cette joute ? Les deux filles s'occupèrent de l'Américain avec dévouement, puis elles le négligèrent, et elles poursuivirent leur jeu sans se soucier de lui. Cette nouvelle combinaison, à l'évidence, leur procura un plaisir plus profond. Aurore s'était-elle jamais approchée de ce plaisir-là ? J'étais désolé de la compromettre, par la pensée, dans ce moment sordide. Mais son souvenir me posséda soudain, et si vivement, que je crus qu'elle allait entrer dans cette chambre et me dire : « Bonsoir, que fais-tu là ? Je ne me doutais pas que tu appréciais ce genre de situation...

Tu aurais dû m'en parler... » Il faisait très chaud. Et ce qui s'offrait à mon regard avait ajouté à ma fièvre. J'avais beau chasser la présence imaginaire d'Aurore, elle revenait, toujours avec son air ironique. « Vraiment, tu aurais dû m'en parler... Je connais beaucoup d'hommes et de femmes qui aiment qu'on les regarde ainsi... » J'aurais voulu l'interroger. Elle aurait posé un doigt sur mes lèvres.

Quand les deux filles eurent fini de s'entreprendre, elles voulurent un bon dîner. L'Américain était d'accord. Ce devait être un de ces hommes qui prennent du plaisir là où ils le trouvent et sans se croire obligés d'en faire toute une histoire. En l'observant, je regrettai de n'avoir pas fréquenté plus souvent des individus de cette sorte. J'y aurais peut-être appris à être plus désinvolte. A me délester de tout le fatras d'émotions qui me pesait plus que des pierres.

Mais je n'avais pas envie de m'attarder. La fille au front de poupée me raccompagna jusqu'à l'ascenseur. Elle me trouvait sans doute un peu triste et, comme elle devait être gentille, elle caressa mon visage en prononçant des paroles douces. Je les reçus, contre toute attente, comme une bénédiction.

– 59 –

Un jour, à Villefranche, face à un soleil couchant, mon père avait prononcé en ma présence une phrase de Pascal que je cite de mémoire : « L'amour possède assez de lumière pour éclairer ses élus et assez d'obscurité pour les humilier. » Cette phrase, qui me paraît toujours énigmatique, avait impressionné mon esprit d'enfant. J'y avais entendu un grondement de passions adultes. Elle désignait un horizon terrible, presque un Jugement dernier, où chacun parvient à son heure et tente de se défendre.

– 60 –

Aurore avait photographié des choses insignifiantes. Une mouette. Des nuages. Sa main tenant une cigarette. La tasse de café et les fruits qu'on nous servait sur le port. Ces photos m'avaient ému par leur insignifiance même. Elles étaient la preuve irréfutable de ce que j'avais vécu. Et cette preuve, dont le chagrin m'avait fait douter, me rattrapait sur ce trottoir de la rue de Castiglione où, par désœuvrement, j'étais revenu. Ces photos me parlaient déjà d'instants lointains. Je les observais une à une. Je buvais par gorgées leur bonheur évanoui. Tandis que je traversais les Tuileries, il me sembla qu'Aurore marchait à mes côtés. Elle était tendre et attentive. Rien ne nous avait jamais séparés.

Ce qui est insupportable avec les souvenirs, c'est qu'on les rencontre toujours, ne fût-ce que pour une seconde, dans un présent trompeur. Impossible de les accueillir sans croire brièvement qu'on est transporté, grâce à eux, dans un temps qui, même s'il n'est déjà plus, donne l'illusion qu'il va de l'avant. Et impossible de les accueillir sans oublier, encore plus brièvement, que ce qui s'annonce à travers l'histoire qu'ils nous racontent, et que l'on croit lourde de tous les possibles, s'est déjà accompli et ne propose, tout compte fait, qu'un paquet de passé mort.

C'est alors que je découvris la dernière photo. Elle ne montrait pas un objet, ni un paysage, ni l'un de ces instants dont Aurore aimait à conserver la trace. Là, elle s'était photographiée elle-même, allongée sur un lit, et cadrée jusqu'aux épaules. Elle avait dû tenir son appareil à bout de bras. Un vague sourire s'était posé sur ses lèvres, avec une expression d'inquiétude joueuse. On eût dit le visage d'une noyée flottant sur des draps défaits. Et ce qui me surprit, c'est que, sur cette photo, elle avait noué un foulard autour de ses yeux. Qu'est-ce que cela pouvait bien signifier ? Pourquoi avait-elle eu besoin, ce jour-là, de capturer ce visage abandonné ? Sur cette photo, elle ressemblait à la Fortune de Prud'hon devant laquelle elle avait déposé son trousseau de clefs. Sourire, bandeau, cheveux au vent. Ce foulard noué me rappela l'épisode du magasin de musique. Et, par association d'idées, il me transporta aussi dans la petite église de Rapallo où, pour prier, elle s'était enveloppé le visage d'une dentelle.

– 61 –

Ce que j'ai le plus détesté pendant cet été terrible, et alors même que je me trouvais si misérable, ce fut le sentiment glorieux de ma souffrance. J'avais l'impression que, par son intensité même, cette souffrance me hissait au-dessus des hommes ordinaires. Qu'elle était une forme d'élection. Qu'elle m'avait choisi, moi, pour m'infliger une passion exemplaire. Quand l'amour s'éprouve ainsi, il peut toujours compter sur l'orgueil. Ils forment, l'un avec l'autre, un attelage morbide.

– 62 –

L'été embrasait toute chose.

On y suffoquait malgré les orages qui, vers le soir, ravivaient les pierres et l'asphalte. L'autre feu, en moi, n'avait plus rien à brûler.

Il existe ainsi des douleurs qui, sans disparaître, se réfugient dans les recoins d'une mémoire moins impatiente. Et on a l'impression qu'elles s'y éteignent d'elles-mêmes puisqu'on ne leur fournit plus d'arguments. Une mélancolie s'installe alors, au plus profond, parmi des reliquats de vie et des émotions calcinées.

En allant au bout de cet été, j'allais au bout de moi-même sans me douter de l'être que je deviendrais au terme de cette épreuve. J'affrontais loyalement ma solitude. Je ne montrais rien de mes sentiments.

Pendant quelques jours, j'ai erré dans les rues. Je suivais n'importe qui. Je traînais, depuis l'aube, dans des quartiers inconnus ou dans des jardins où l'on me considérait d'un regard méfiant. Certains jours, je rôdais du côté du Trocadéro dans l'espoir absurde d'y croiser Aurore.

Mais pourquoi se serait-elle encore trouvée dans cette ville déserte ? Elle devait plutôt s'amuser dans un palace ou, avec des amis, sur un bateau que j'imaginais luxueux et racé.

On croit toujours, dans le chagrin, que l'autre est heureux. Qu'il est mobile, en voyage, ailleurs, tandis que l'on se morfond dans un espace fixe.

Il m'arrivait, en passant devant certains

immeubles, de me dire qu'Aurore était peut-être en train de m'observer derrière des persiennes closes. Et lorsque j'entrais dans certains restaurants, je supposais que, ce jour-là, elle avait peut-être songé à y venir.

Tout, dans ces rues chauffées à blanc, me faisait signe. Je m'y déplaçais comme dans un labyrinthe de coïncidences imminentes et déjouées.

Je décidai alors de quitter cette ville.

Le soir même, j'arrivai à Villefranche.

– 63 –

Orsini ne sembla guère surpris de me revoir.

— Tu as eu raison de venir, mon petit, on va s'occuper de tout...

J'eus l'impression qu'il savait mieux que moi ce que j'étais venu chercher dans sa maison.

Le soleil avait embelli son teint. Il portait une chemise bariolée pour afficher sa bonne humeur.

Dès mon arrivée, il voulut me faire admirer ses jardins, sa nouvelle piscine, ses terrasses fleuries. Il était fier de cette noble bâtisse crépie à l'ocre et perchée sur une falaise. On y voyait encore, près d'une fontaine, le blason d'une ancienne famille piémontaise dont il s'était convaincu, à la longue, que c'était la sienne. Orsini était toujours prompt à se persuader que, dans ses veines, coulait un sang d'ancêtres puissants et sereins.

A l'heure du dîner, il me présenta à ses invités. Des couples incertains. Des collectionneurs. Des jeunes gens de passage. Les Anglais qui voulaient acheter mon Watteau. Les uns avaient prévu de finir leur soirée au casino de Monte-Carlo. Les autres, excités par la lune, avaient l'intention de prendre un bain de minuit. A table, je remarquai la présence d'un Espagnol qui ne disait rien mais auquel Orsini adressait des regards intenses.

Une brise marine se leva. On vit des étoiles filantes dans le ciel d'été. Tout baignait ici dans un parfum de plaisir et de villégiature.

Pour la première fois depuis longtemps, le visage d'Aurore me laissa en paix.

– 64 –

Pourtant, ce visage revint me tourmenter avec la nuit, et à la faveur d'un rêve qui me transporta sur une terrasse du Grand Hôtel où j'attendais Aurore. Elle m'y avait rejoint avec, dans ses bras, un immense bouquet de fleurs blanches. Dans ce rêve, elle était inquiète et pressée. Elle devait, sans tarder, disposer ces fleurs dans un vase car, me dit-elle, « les fleurs blanches se fanent plus vite que les autres ». Ses mains s'agitaient autour des camélias et des arums. Elles y ajoutaient des lys mêlés à des touffes de coton. Elle se hâtait. Mais ce n'était déjà plus à cause de la fanaison rapide des fleurs blanches. C'était, maintenant, à cause d'un orage qui s'approchait. Or, je ne voyais aucun nuage dans le ciel. Elle me désigna alors, vers l'horizon, un groupe de mouettes qui, dès que je l'aperçus, se rapprocha jusqu'à nous envelopper comme si nous étions tombés dans une volière. Quand les mouettes disparurent, la terrasse, nos visages, nos vêtements, étaient recouverts de cendres et de fientes. J'étais écœuré par cette pourriture qui, en revanche, ne déplaisait pas à Aurore. Elle caressait voluptueusement sa peau souillée. Dans leur frénésie, les oiseaux avaient également taché le dessin de Watteau. J'étais contrarié. Je devais le rendre à mon père, et je craignais qu'il ne me reproche de ne pas en avoir pris soin. A mon réveil, un malaise tenace me serrait la gorge. Je voulus me laver. Mais l'eau elle-même dut jaillir de mon rêve tant elle me parut crasseuse.

– 65 –

L'amour est une maladie d'incomplétude.

C'est une absence qui fait souffrir comme la jambe ou le bras de celui qui ignore qu'on l'a déjà amputé.

Quelque chose s'est perdu à l'origine, une affection s'est refusée, une sympathie s'est interrompue, et l'on est à jamais avide de ce qui pourrait en tenir lieu.

A Sparte, avant chaque bataille, les généraux brisaient un tesson d'argile et en offraient un morceau à chacun des couples d'hoplites qui allaient se battre. Si le sort des armes leur était défavorable, et si l'un de ces soldats était capturé, l'autre pouvait encore le reconnaître, de longues années après, grâce au tesson qu'il conservait à son cou et qui s'ajusterait, le jour venu, à celui de son ami.

L'amour est une cérémonie de même nature. On s'y attache à l'être qui, par enchantement, porte à son cou le tesson qui s'ajustera à ce que le destin a brisé en nous.

Avec lui, à travers lui, on escompte un ajustement qui fera pourtant défaut, à l'heure dite, car l'aimé ne l'entend pas ainsi.

Il veut, à son tour, être élu pour ce qu'il est, et non pour le rôle qu'on lui propose dans un passé qui ne le concerne guère.

Quand on désire aimer, c'est toujours parce que l'on croit que cet amour, soudain incarné, saura remplacer l'amour plus ancien qui a fait défaut.

On se sert ainsi des êtres nouveaux pour prendre une revanche sur ceux qui se sont auparavant refusés.

Et cette tricherie, inévitable et réciproque, n'annonce qu'une partie de dupes où chacun est assuré de perdre ce qu'il risque.

– 66 –

Orsini avait insisté pour que j'occupe la plus belle chambre de sa maison. Une pièce vaste et fraîche, située en haut d'une tour d'où l'on embrassait un paysage glorieux. A gauche, la côte ligure avec ses falaises de roches sombres et roses. A droite, l'archipel des ports de plaisance qui se succédaient jusqu'à Antibes. De cette chambre, on accédait à une véranda couronnée de balustres et envahie par des jasmins dont le balancement relança ma mélancolie. Je me sentais encore fragile devant chaque plaisir dont il me faudrait jouir sans l'être avec lequel j'aurais tant voulu le partager.

En entrant dans cette chambre, Orsini me précisa, comme si je pouvais l'ignorer, que mes parents y avaient dormi, trente ans plus tôt, lors du seul séjour qu'ils firent ensemble à Villefranche, et cette évocation me mit mal à l'aise. J'imaginai mon berceau dans la pièce voisine. L'intimité du couple qui m'avait engendré. Les murmures mystérieux qui étaient peut-être parvenus jusqu'à mes oreilles d'enfant. Cet empilement de passé me parut menaçant. Je craignais, presque par superstition, qu'il ne s'effondre à mon passage. De ce passé, il ne restait cependant qu'un petit tableau qu'Orsini, croyant m'être agréable, avait sorti de son grenier pour l'accrocher au-dessus de mon lit. En me le désignant, il soupira longuement, afin de souligner son émotion. Puis il se frotta les mains en m'assurant que le passé, après tout, avait moins d'importance que les bons moments qui nous attendaient. Par courtoisie, je lui donnai raison. Mais, dès qu'il me quitta, je revins vers ce tableau.

Mes parents, dont le peintre avait finement saisi les traits, y formaient un couple distant. Ils étaient assis sur le ponton que je voyais de ma chambre, on sentait leurs visages brunis et caressés par le vent, mais ma mère observait l'horizon alors que mon père ne la quittait pas des yeux. Le peintre avait voulu fixer, entre eux, cet éloignement. Et l'on devinait, trente ans ans après, que ces deux êtres ne s'aimaient déjà plus de la même façon. Lui : prévenant, ébloui, sans doute épris de cette femme qui lui échappait. Elle :

décalée, insatisfaite, songeuse. Ils s'étaient rencontrés, un an plus tôt, sur un paquebot entre Le Havre et New York. Elle aimait la peinture. Il avait su lui plaire. Ils s'étaient mariés quelques semaines plus tard. Ma naissance les éloigna pourtant l'un de l'autre et leur séjour à Villefranche dut ressembler, d'une certaine façon, à ce que j'avais vécu avec Aurore au Grand Hôtel. Il est si facile, et probablement si inexact, de supposer que le temps ne se lasse pas de recruter de nouveaux acteurs pour rejouer la même scène.

Car un drame avait surgi à la fin de cet été-là. A cause du peintre, précisément, qui était, paraît-il, un homme fougueux et séduisant. Ma mère, qui devait aspirer à une autre vie, avait succombé à son charme tandis que, avec son pinceau, il mettait de l'absence dans ses yeux. Ils s'étaient donc enfuis, un matin, sans prévenir personne, sauf Orsini qui les avait laissés faire. Me donna-t-elle un baiser avant de partir ? Eut-elle seulement le temps de s'expliquer ou de laisser une lettre ? Qu'avais-je alors perçu de tout cela ? On apprit, peu après, qu'elle avait péri, avec son amant, dans des circonstances confuses. Pour la forme, mon père en voulut à Orsini.

Puis il s'en voulut à lui-même. Ce drame l'avait brisé.

– 67 –

De ma mère, j'ignore à peu près tout, sinon que mon père l'adorait, et qu'elle avait un tempérament capricieux. Il ne la nommait jamais en ma présence. Il méprisait les émotions qu'elle lui avait extorquées. Il avait même choisi de la haïr puisque, du jour au lendemain, elle l'avait abandonné avec moi. Cette défection, comme un baptême commun, nous unissait secrètement. Parfois, ma mère me manquait, mais à la manière d'une saveur inconnue. Je l'accablais de reproches. Puis j'admirais sa fidélité à la passion. Ou je la reléguais avec indifférence dans une époque de capelines et de violettes séchées. Je savais, sans y accorder trop d'importance, que je lui devais ma première leçon de solitude. Et d'elle, j'avais retenu que certaines femmes, par vocation, donnent la vie avant de disparaître.

– 68 –

Avec la mer, tout me parut plus facile. Mon corps se défroissait. Je nageais à nouveau, dès l'aube, dans des vagues qui devaient rouler jusqu'au golfe de Rapallo et, peut-être, jusqu'à la plage du Grand Hôtel. Une à une, aimantées par le soleil, mes vraies sensations revinrent. Je saluais le retour de ces alliées si peu fiables. Était-ce, déjà, le début d'une guérison ? Je me méfiais. Je savais que certains maux s'éloignent selon un rituel changeant. Ce sont des acteurs qui reviennent saluer leur public tant qu'ils sentent, dans la salle, le reste d'enthousiasme que leur cabotinage saura transformer en un autre rappel.

Par moments, je me sentais presque lâche de fausser compagnie à ma douleur, et je voulais vérifier sa désertion. Je pensais à Aurore, de toutes mes forces. Je touchais ma plaie. Mais je ne réveillais qu'une blessure assagie. J'essayais encore à deux ou trois reprises. Je me concentrais avec détermination. Mais l'angoisse n'était plus là. Je convoquais alors des images précises et atroces : j'imaginais Aurore en train de caresser le corps d'un homme, ou de lui parler vicieusement, ou de lui donner un baiser profond. Et l'angoisse, qui avait peut-être perdu ma trace, ne revenait pas.

Un matin, tandis que je nageais, je crus même que c'en était fini, que je m'étais affranchi, et je fis l'arrogant avec mon malheur passé. Je le provoquais comme un animal qui a été menaçant, et dont tout m'indiquait qu'il ne l'était plus. L'amour, pensai-je, est vraiment un sentiment truqué. On ne peut rien miser sur lui. Ni sur les êtres qui le déclenchent. Ni sur les tourments que l'on devra, plus tard, à leur malfaisance. N'y a-t-il donc que du sable et du vent dans ce sentiment-là ? Tout est-il toujours si faux à son contact ? Et y a-t-il une seule réalité qui ne s'y évanouisse comme une goutte d'eau sur une surface brûlante ?

Mais cette arrogance ne dura pas. Ce même matin, en sortant de l'eau, je sentis, sans qu'il y fallût un prétexte, qu'un mince collier d'angoisse me serrait la gorge. Au début, presque rien. Sans doute un dernier assaut. Ou un dernier coup de griffe. Mais ce collier, irrésistiblement, me serra de plus près. Il m'empêcha bientôt de respirer. Et, avant que j'aie eu le temps de m'allonger sur le ponton, il m'avait étouffé. D'un seul coup. Sans raison. Avec la rigueur d'un bourreau qui exécute par surprise et en connaisseur. Un instant plus tôt, je croyais encore que ma douleur s'était éteinte. Or, elle m'attendait. Intacte. Exigeante. Vivifiée par l'oubli provisoire où je l'avais remisée. Elle piaffait. Elle inspectait ce que j'avais encore de vivant pour s'en régaler. Mon arrogance s'était évanouie. Le chagrin, une fois encore, m'aspirait comme un gouffre. Ce va-et-vient de l'oubli à l'étouffement me remuait sans cesse. J'y avais perdu mon assurance. Je me savais, à chaque seconde, menacé par un adversaire supérieur et indécis.

– 69 –

Il régnait, autour d'Orsini, un curieux climat d'oisiveté et de lenteur. Ses invités apparaissaient vers midi dans des tenues voyantes, ils prenaient quelques verres de gin, et se traînaient jusqu'à la piscine avec une morgue d'échassiers. Ils passaient le reste de leur journée dans des villas voisines, puis on les retrouvait pour le dîner où leurs visages commençaient à s'animer. Parfois, ils somnolaient à l'ombre ou jouaient aux dominos. Le jeune compagnon d'Orsini était toujours silencieux. De temps à autre, il lançait son regard ourlé, puis il le reprenait avec la précipitation d'un lézard qui jette sa langue vers un insecte avant de la replier dans sa gueule. Les Anglais passaient leur temps en bateau et ne débarquaient qu'à l'heure du déjeuner. Ils s'exclamaient de tout et Orsini, qui ne négligeait jamais ses affaires, en profitait pour leur détailler la perfection de la sculpture ou du tableau qu'il espérait leur vendre.

Pendant ces journées vides, je me disais que des artistes, quelque part dans le monde, concevaient au même instant des œuvres puissantes. Que des savants perçaient des secrets. Que des héros associaient leurs noms à des convulsions de l'histoire. Que des amants se juraient de ne plus se perdre. Je n'avais aucune place dans ces grandes aventures. Mon destin me parut grotesque. J'aurais pu disparaître sans que rien fût infléchi sur la terre.

Depuis mon arrivée, Orsini me surveillait avec la vigilance d'un médecin. Il tenait absolument à ce que je fusse heureux, et il s'y employait comme si mon bien-être devait décider du sien. Ma solitude, surtout, l'inquiétait.

— Veux-tu que j'organise une petite fête ? Je pourrais faire venir des gens amusants...

Au fond, j'avais peut-être eu tort de ne pas mieux aimer cet homme. N'était-il pas mon seul ami ? Le seul, en tout cas, qui connût ce dont mon existence était faite.

Un matin, il vint à ma rencontre sur le ponton d'où je contemplais la mer.

— Tu sais, mon cher petit, quand tu te seras calmé, à l'automne, j'aimerais bien qu'on travaille ensemble...

Puis, d'une voix plus sucrée :

— Je pense que cela aurait fait plaisir à ton père...

Il ponctua cette allusion par quelques larmes. En s'éloignant, et pour changer d'humeur, il m'adressa ces mots que je n'attendais pas :

— Nous aurons, tout à l'heure, la visite d'une vieille amie qui insiste pour te revoir...

Devant mon étonnement, il ajouta :

— Oui, cette amie s'appelle Angelica. Il paraît qu'elle a encore beaucoup de choses à t'apprendre...

– 70 –

Comment se pouvait-il qu'Angelica resurgisse dans cette maison ? Par quel court-circuit son univers, qui me parlait d'Aurore, pouvait-il se mêler à celui qui, à travers Orsini, touchait à mon enfance et à mon père ? Devant cette coïncidence, je fus d'abord perplexe. Puis, bizarrement, je m'y habituai. Après tout, le monde n'était pas si grand, et Orsini fréquentait une société équivoque dont Angelica faisait partie. Peut-être lui présentait-elle des garçons, ou organisait-elle, pour lui, des soirées particulières. Et n'était-ce pas enfin chez Orsini que j'avais rencontré Aurore ? Il n'était pas exclu qu'Angelica lui fournisse, à l'occasion, des filles pour divertir ses clients...

Elle arriva vers midi. Elle portait un chapeau de paille et me parut encore plus blême sous le soleil de Villefranche. Elle me tendit sa main à la polonaise. Mes lèvres se posèrent sur une peau osseuse et si froide que je crus baiser la main d'une morte.

Les invités dormaient encore. Les Anglais faisaient leur promenade en mer. Orsini et son compagnon avaient disparu dans leur chambre. Nous étions donc seuls pour ce déjeuner qui, à l'évidence, avait été prévu à dessein. Angelica semblait prendre plaisir à cette situation inattendue.

— N'est-ce pas amusant de se retrouver chez Sandro ? Ah, ce cher Sandro, je lui dois beaucoup... Et puis, soyez gentil, ne m'en veuillez pas d'avoir quitté Paris si rapidement. Il y faisait si chaud...

Elle me parlait maintenant d'une façon familière. Comme si la vie, à notre insu, avait mis de l'intimité entre nous.

— Savez-vous, me dit-elle alors, que je connaissais un peu votre père... C'était un homme remarquable...

Et elle ajouta ceci, que je ne pus m'empêcher de recevoir comme un conseil :

— Il n'avait qu'un défaut : il croyait que le

malheur est plus intéressant que le bonheur... Vous n'êtes pas comme lui, j'espère ?

Elle me glissa encore à l'oreille :

— Vous auriez bien besoin que je m'occupe de vous...

Elle m'expliqua alors que, chaque été, elle organisait sa saison depuis sa chambre de l'Hôtel de Paris. Elle avait rassemblé quelques-unes de ses protégées dans les environs. Tout cela était très sympathique. Et cette nouvelle saison promettait d'être fameuse.

Je lui rappelai que, lors de notre dernière rencontre, elle m'avait annoncé...

— Ah, vous pensez encore à Aurore... Depuis ce coup de téléphone, à la fin du mois de juin, je n'ai plus de ses nouvelles... Quant à notre petit arrangement, j'y suis toujours disposée...

Orsini réapparut bientôt avec son jeune amant. Il avait une allure de conquérant ébouriffé. Il prit des cerises sur la table, et s'en fit deux breloques qu'il accrocha à ses oreilles. Angelica le trouva très drôle.

— Tu es magnifique, mon Sandro...

Et ils rirent de bon cœur.

Ces deux êtres, que mon regard rassemblait pour la première fois, me parurent soudain si bien accordés, que je ne fus plus surpris de leur proximité. Ils vibraient au même diapason.

— Voyez-vous, me dit Angelica, Sandro et moi nous faisons un peu le même métier. Nous sommes des passeurs... Grâce à nous, la beauté circule. Il s'occupe de l'art, je m'occupe de la chair...

— Et nous n'oublions jamais, précisa Orsini, de réclamer notre part...

Ils repartirent du même éclat de rire.

Orsini avait prévu, pour le soir même, sa petite fête, avec feu d'artifice et orchestre sud-américain. Il insista pour qu'Angelica reste jusque-là. Puis il esquissa quelques pas de tango avec elle.

– 71 –

De la mer, des jardins, montaient des senteurs de thym et de sel. Au loin, on apercevait les mouettes qui, d'un coup d'aile, auraient pu voler de Villefranche jusqu'aux escaliers du Grand Hôtel. Elles observaient tout depuis le début. Elles avaient vu mes parents se baigner ici même au temps de leur jeunesse. Elles avaient vu Aurore qui m'attendait, puis ne m'attendait plus, sur la petite plage de Rapallo. Et, plus loin encore, dans la brume de chaleur, on distinguait les falaises sur lesquelles la voiture de mon père s'était fracassée. Les mouettes avaient tout vu. Elles étaient, comme l'œil de Dieu, attentives et indifférentes.

– 72 –

Angelica avait tout de même eu le temps de vérifier que j'étais encore obsédé par la disparition d'Aurore. Et elle m'avait lancé quelques informations comme on jette de bons morceaux à un chien pour s'assurer qu'il n'est pas repu.

— Ce matin-là, me dit-elle, Aurore était inquiète. J'ai d'abord cru qu'elle était à la rue, que vous l'aviez chassée, comme cela arrive souvent lorsqu'une autre fille, plus neuve, passe par là...

Elle avait donc tenté de la rassurer. Puis elle avait compris la vraie nature de cette inquiétude.

— Oui, cela peut vous paraître étrange, mais ce qu'elle redoutait, ce matin-là, c'était son propre bien-être. Elle était heureuse, enfin presque... Et puisque ce bonheur, dans son esprit, ne pouvait durer, elle avait choisi de vous quitter. Ça vous surprend, n'est-ce pas ?

Elle se risqua alors dans une démonstration dont je ne retins que la chute :

— Les hommes croient toujours qu'ils ont gagné la partie dès qu'une femme est heureuse. Ils ne savent pas que le bonheur lui-même peut effrayer...

Aurore avait été heureuse ? Je n'avais donc pas rêvé ? Le seul fait d'en obtenir la preuve, même tardive, suffit à me convaincre que je n'avais pas tout perdu. Et qui aurait pu savoir si, un jour, la nostalgie de ce bonheur ne la ramènerait pas jusqu'à moi ?

— Vous devez admettre, reprit Angelica, qu'Aurore avait été surprise que vous ne compreniez pas à qui vous aviez affaire... Moi, je dis toujours à mes filles : avouez tout de suite le genre de femme que vous êtes... Mais vous ne vouliez rien entendre, n'est-ce pas ? Alors, elle vous a laissé croire... Elle a même dû se persuader, la pauvre, qu'elle pouvait devenir quelqu'un d'autre...

Elle eut un ricanement de dépit. Comme une personne raisonnable qui constate que les autres ne le sont pas.

— Ah, je connais bien cela... soupira-t-elle. Ce moment où une fille qui se fait payer oublie ce qu'elle est... Je suis fatiguée de leur répéter : n'oubliez jamais ce que vous êtes ! Sinon, ça peut mal tourner...

Pour elle, Aurore n'était donc qu'une fille qui se fait payer. En tout cas, elle l'avait été. Et il ne m'était plus permis de faire comme si je ne le savais pas. Ce verdict si simple, si évident, et que tout m'annonçait, acheva pourtant de balayer en moi un dernier réduit d'illusions.

Elle me raconta alors que, dès son retour de Rome, quelques années plus tôt, Aurore n'était déjà plus la même. Un autre regard. Une autre allure. Une autre manière de provoquer. Elle s'était durcie. La petite fleuriste taciturne portait des bijoux. Elle fumait des cigarettes en riant nerveusement. Son corps lui-même s'était modifié. Des seins plus voyants. D'autres lèvres. Un nez plus petit...

— N'oubliez pas que mon Italien faisait de la chirurgie... Il a dû la remodeler. Il adorait jouer avec ça...

En quelques mois, Aurore avait ainsi effacé, sur son propre corps, tout ce qui pouvait encore la relier à sa première vie.

— Maintenant, je me connais mieux, avait-elle dit...

A Rome, on l'entraîna dans des aventures auxquelles elle avait fini par prendre goût. Elle s'y était forgé un tempérament plus brutal. Plus désenchanté.

Angelica lui pardonna le mauvais tour qu'elle lui avait joué avec l'Italien. Cet homme, de toute façon, ne méritait pas qu'on le regrette.

Et Aurore lui avait demandé de la compter, à l'avenir, au nombre de ses protégées.

– 73 –

Je revis souvent Angelica au cours de l'été. J'allais à Monte-Carlo, je l'attendais au bar de son hôtel et, vers midi, elle m'y retrouvait. Elle était vêtue avec une élégance démodée. Ombrelles, gants ajourés, chemisiers boutonnés jusqu'au cou. Le soleil était son ennemi personnel et il eût été inconcevable qu'elle lui abandonnât la plus modeste partie de sa peau. Elle se prévalait, en tout, de ces manières anglaises dont on avait dû lui vanter le chic. Et on aurait pu croire, en la voyant sortir d'un ascenseur ou s'installer à une table, qu'elle était une riche lady qui entend bien rester fidèle à des habitudes d'ancienne Riviera. Parfois, des hommes la remarquaient et lui parlaient à voix basse. Elle faisait l'étonnée, ou bien elle avait des roucoulements d'indignation, avant de lâcher un rire de gorge qui devait signifier qu'elle avait pris bonne note. Elle consignait un numéro de téléphone ou une adresse sur son agenda, souriait d'un air pudique, congédiait l'importun, et revenait à notre conversation comme si celle-ci la passionnait alors que, de fait, nous n'avions encore rien dit. Après notre déjeuner, à l'heure d'ouverture du casino, je la quittais. Elle adorait le jeu. Elle regrettait que je n'eusse pas ce vice.

Nous avions mis les choses au point. Je devais, au début de nos rencontres, lui glisser une enveloppe dans laquelle il y avait une somme d'argent dont l'importance déciderait de la qualité de ses confidences et du temps qu'elle me consacrerait. Elle palpait l'enveloppe en experte, la glissait dans son sac, et posait sur moi son regard de dame. Que voulais-je donc savoir aujourd'hui ? Quoi, encore des détails sur la vie d'Aurore ? N'en avais-je pas assez de me faire tant de mal ? Mais elle avait toujours une anecdote ou un souvenir en réserve. Et elle me les servait comme on tend un fer rougi.

Toutes ces histoires d'hôtel et de rendez-vous finirent par me lasser. J'étais écœuré par des détails misérables. Par ces hommes qui, grâce à elle, avaient connu Aurore, et qui l'avaient parfois appréciée au point de la réclamer souvent. Je ne parvenais pas à savoir si Angelica, intarissable sur le sujet, jouissait de ma souffrance ou si, au contraire, elle voulait, en lui fournissant tant de prétextes, la guérir à la manière de ces artificiers qui déclenchent un incendie pour en éteindre un autre.

J'avais même appris que, depuis le début de leur association, c'était Aurore, et non Angelica, qui décidait d'un rendez-vous. D'ailleurs, elle ne savait jamais comment la joindre. Aurore l'appelait quand l'envie lui en venait, et elle lui proposait ses services.

Angelica se contentait d'inscrire sur son agenda la liste des hommes qui la réclamaient et, quand Aurore se décidait, elle n'avait que l'embarras du choix.

— Avec Aurore, me dit-elle, ce sont les clients qui sont convoqués. C'est à eux que je donne une adresse et une heure... Vous avouerez que ce n'est pas banal...

En effet, rien n'était banal dans cette histoire.

— Alors, quand elle m'a appelée, en juin, j'ai cru qu'elle...

A cet instant, à cet instant seulement, je compris qu'Aurore, même au plus fort de notre liaison, et peut-être de notre amour, n'avait jamais cessé d'être la même femme. Et que, tout en partageant ma vie, elle n'avait jamais cessé de faire son étrange métier.

– 74 –

Aurore, paraît-il, ne se liait avec personne. Son genre hautain lui avait même valu une place à part parmi les protégées d'Angelica qui, en général, avaient l'habitude de s'amuser, et de se vendre, pour se caser le jour venu. Aurore ne voulait pas de ce parcours. Elle rejetait l'idée même que l'on puisse sortir de cet enfer une fois que l'on y était entré.

— L'enfer ! Vous vous rendez compte ? Ah, si l'enfer pouvait être aussi plaisant...

Angelica était scandalisée.

— Bien des hommes, qui savaient pourtant à quoi s'en tenir, auraient voulu l'épouser, mais elle refusait de les revoir... Ou, si elle les revoyait, c'était pour leur porter un mauvais coup...

Dans sa petite famille, on n'aimait pas cette cruauté inutile.

— Nous nous fâchions souvent... Car moi, voyez-vous, j'ai envie que les gens soient contents... Or, avec Aurore, il fallait toujours se venger de quelque chose...

Elle revint alors sur l'épisode romain qui avait été, en quelque sorte, le premier exploit d'Aurore.

— Vous vous souvenez de l'Italien qui m'envoyait des lys ? Eh bien, il m'a rappelée par la suite : il était ruiné et à moitié fou. En moins d'un an, elle l'avait vidé, exécuté, anéanti... C'était bien la peine, franchement... Là, j'ai compris que cette fille était mauvaise... Vous ne m'en voulez pas de vous parler comme ça ?

Angelica me dégoûtait. Elle était de ces gens qui croient s'excuser de leurs mauvaises actions en s'en acquittant selon des principes.

— Il ne faut pas toucher aux gens qui se haïssent, me confia-t-elle enfin. Avec eux, on ne s'en sort jamais... Et Aurore se hait, je vous l'assure. Elle pense, depuis le début, qu'il y a quelque chose de corrompu en elle. Une tache, une saleté, allez savoir... On est gentil avec elle ? Elle vous en veut. On l'aime ? Elle ne vous le pardonne pas...

– 75 –

Angelica n'avait pas tort. Et ils ne m'étaient pas inconnus, ces êtres qui se sont si bien convaincus de leur insuffisance, qu'ils sont étonnés, ou meurtris, dès qu'on leur témoigne un sentiment qu'ils savent, au fond d'eux-mêmes, ne pas mériter. Ce sentiment, disons l'amour, atteint leur âme de plein fouet, comme une agression, et ils en veulent, à celui qui les aime, de s'abuser. Ils ont d'abord envie de se retourner pour voir si cet amour ne s'adresse pas à un autre. Mais non, ils sont seuls. Le doute n'est donc pas permis et tout s'éclaire alors : cet amour s'adressait à un autre en eux. Oui, c'est bien cela, ce sentiment était pour cet autre si intime qu'ils ont souvent voulu rejoindre, et auquel ils n'ont jamais pu ressembler. Dans ces moments-là, on ne saurait pardonner à celui qui vous offre ce qu'il a de meilleur. N'est-il pas en train de vous tromper avec le plus terrible des rivaux ? Avec celui qu'on connaît le mieux, et dont on sait depuis longtemps à quel point on lui est inférieur ? C'est ainsi, sans doute, qu'Aurore avait reçu mon amour. Elle en était jalouse comme s'il flattait la femme qu'elle n'était pas, et qu'elle se croyait incapable de devenir. Elle répondait alors à mes élans avec un regard noir. Ne comprends-tu pas, semblait-elle dire, que je ne serai jamais celle que tu aimes ? Et ne comprends-tu pas que tu me blesses en aimant cette femme à travers moi ?

– 76 –

De mon père, Angelica avait conservé un souvenir précis. Elle l'avait perçu, à l'époque où ils s'étaient croisés, comme un homme réservé qui n'avouait que son amour de la peinture ou des objets rares. Ses sentiments, me dit-elle, semblaient avoir été absorbés par un grand malheur dont il ne s'ouvrait jamais.

— Le départ de votre mère l'avait éteint... Nous étions impressionnées, vraiment, qu'un homme sache encore souffrir pour une femme qui l'a quitté...

Elle lui avait cependant procuré, à sa demande, des filles avec lesquelles il se conduisait en gentleman. Il les emmenait dans des musées, il leur parlait avec respect, et plusieurs d'entre elles avaient avoué à Angelica qu'elles étaient un peu amoureuses de cet homme si élégamment meurtri.

— Et puis, il cessa de m'appeler, et je n'ai plus entendu parler de lui, sinon par Sandro qui l'admirait beaucoup...

Elle avait insisté sur ce dernier point, comme s'il était naturel que je puisse en douter.

— Au fond, reprit-elle, vous aussi, vous vous laissez éteindre par une femme qui s'en va...

Je m'étais donc arrangé, à ma façon, pour que les parcelles les plus obscures de mon cœur fussent accessibles à une maquerelle. J'étais devenu transparent. Mon secret le plus profond était visible à l'œil nu. Et il l'était même pour une femme que je méprisais.

Angelica crut que ce rapprochement m'avait déplu. Elle voulut se faire pardonner.

— Bien entendu, Aurore n'est pas une femme comme les autres. Elle est spéciale. Enfin, elle a ses spécialités...

Elle avait jeté ce détail en passant, comme on laisse tomber un foulard en sachant fort bien que celui auquel ce geste est destiné va se précipiter. Je n'eus même pas besoin de l'interroger...

— Non ! Vraiment non ! Là, on est dans le secret professionnel...

Lui avais-je glissé, ce jour-là, une enveloppe trop mince ? Cette spécialité méritait-elle, à elle seule, une nouvelle enveloppe ? Elle ne voulut rien entendre.

C'est alors que j'eus l'idée de lui montrer

l'étrange photographie d'Aurore, avec les yeux bandés, que j'avais conservée sur moi. Je la lui tendis d'un geste craintif. Elle l'observa en connaisseuse. Sans un mot. Qu'avait-elle vu ? Qu'est-ce que cette image signifiait ?

Elle porta un mouchoir à son nez. Ses saignements allaient-ils reprendre ? Elle voulut remonter dans sa chambre.

Elle avait tout de même compris ce qui me passait par la tête.

— Vous aimeriez la revoir, n'est-ce pas ?

Comme je n'avais jamais eu le courage de me poser cette question, il me fut impossible d'y répondre.

Angelica sortit alors son agenda. Et, d'une écriture appliquée, elle y inscrivit mon nom.

– 77 –

Mon père avait été enterré sous un figuier dans le petit cimetière de Villefranche. C'était un lieu sans charme auquel on accédait par un chemin escarpé depuis la route de Monte-Carlo. Il n'y avait là que des tombes ordinaires dont les marbres s'alignaient en pente. Le vent y déposait des effluves de pins. On y entendait, aux heures et aux quarts, le son aigre d'un clocher.

Il eût été difficile d'imaginer pour cet homme, dont le goût s'attachait si fièrement à la beauté, un dernier séjour plus terne. Mais il était mort non loin de là, et j'avais souhaité que ce hasard fût respecté en tout. La proximité de la maison d'Orsini avait achevé de me convaincre, puisqu'il y venait souvent et que j'en ferais de même. C'était là, d'ailleurs, une façon de conjurer l'oubli qui l'aurait attendu si, par fidélité, je lui avais aménagé un joli mausolée sur l'une de ces collines de Toscane dont il avait fait son idéal terrestre. Tel fut, en tout cas, le raisonnement approximatif dont je m'étais satisfait en apprenant son accident.

Etait-ce à cause de ce qu'on venait de me dire ? De ma surprise en le trouvant mêlé à mon histoire ? D'une pudeur enfin moins vive ? Pour la première fois, depuis sa mort, j'eus le désir de me recueillir sur sa tombe. Cet élan filial me déconcerta. J'étais confus de paraître devant cet homme dont je m'étais plu à dilapider les traces. Mais un mort ne fait pas de reproches. C'est à peine si, en son nom, on se les adresse parfois à soi-même.

L'allusion d'Angelica avait pourtant suffi : mon père, comme moi, avait souffert à cause d'une femme aimée et disparue. Jusque-là, je m'étais pris pour l'unique titulaire de cette douleur. Et je ne mesurais même pas ce que cette douleur, à laquelle j'avais tant besoin d'accrocher un sens, me donnait peut-être à revivre. Etait-ce donc ce que j'avais ressenti lorsque ma mère s'était enfuie ? Je fus honteux de recourir à de si pauvres expédients. Mais jusqu'où n'irait-on pas quand on souffre ? Et pourquoi me serais-je refusé un diagnostic de circonstance ? Je me souvins du flot d'émotions indistinctes qui me submergea dès l'apparition d'Aurore. De ce miroir qui me donna l'impression que je la connaissais. De ce courant qui, en sa présence, m'entraîna vers des rivages anciens. Cette femme m'aurait-elle donc, par sa seule existence, rendu à mon passé ? Comme il serait doux de croire que je l'avais aimée pour cela. Et que, pour cela, je devais la perdre. Mon esprit, hélas, s'était bâti de telle façon que je n'eus même pas la ressource de cette naïveté.

Je m'assis sous le figuier. Incrédule, je priai pour mon père, mais c'est à moi que je pensais. Le chagrin que j'avais dû affronter dans le sillage de ces femmes absentes, et que j'avais si souvent reçu comme une offense exclusive, flottait soudain, entre nous, comme un parfum de connivence. Et cet homme, que j'avais tenu à distance, s'approcha soudain de moi avec des traits humains et sensibles. Il me comprenait. Il m'avait peut-être légué, plus que ses collections, sa façon d'aimer et de souffrir. Il me protégeait. J'aurais voulu lui parler. Et j'aurais voulu qu'il me sût tout proche.

– 78 –

Aurore quittait mon esprit par lambeaux. D'abord son visage. Puis ses gestes. Puis son corps. Des brumes me la ravissaient. Elle s'y dispersait à mesure. Je pouvais désormais apercevoir une église sans me souvenir de celle où j'avais vu ses premières larmes. Ou marcher dans une rue sans désirer qu'elle surgisse et me prenne par le bras. Ou, encore, nager sans craindre qu'elle ne m'attende plus sur la plage. Mon obsession, tel un ressac, se retirait. Ma curiosité se faisait moins impatiente. Le mince collier d'angoisse ne m'étouffait plus, sans raison, lorsque je sortais de l'eau. Ces stigmates appartenaient, chaque jour davantage, à un individu qui, déjà, ne me ressemblait plus.

– 79 –

Orsini dut sentir, à ma façon d'être, que le souvenir d'Aurore s'éloignait. C'est alors qu'il s'efforça, à des fins qui me parurent d'abord mystérieuses, de le raviver. J'étais sur la véranda, un matin, lorsqu'il s'approcha avec une mine soucieuse.

— Je viens de parler à Angelica, tu nous inquiètes... Je m'en veux de te dire cela mais, si tu le désires, elle pourra t'aider à revoir ta petite horreur...

Avait-il vraiment dit « horreur » ? Je n'en étais pas sûr.

— Arrive un moment, reprit-il, où il faut

solder les comptes... Après, on se sent mieux... Mais pas de blague, n'est-ce pas ? Tu ne vas pas y passer encore six mois...

Sur le même ton, et presque aussitôt, il ajouta que les Anglais allaient quitter Villefranche.

— Après tout, tu as peut-être eu raison de ne pas leur vendre ton Watteau...

Et, comme il l'avait fait dans le salon où Aurore me donnait son rendez-vous, il hocha la tête en souriant.

– 80 –

Angelica avait l'habitude, à la mi-août, « pour la fête de la Vierge » disait-elle, de recevoir tous ses amis dans une belle villa de Mougins qu'on lui prêtait à cette occasion. C'était le sommet de sa saison. Elle s'y préparait avec diplomatie. Elle n'aurait laissé à personne le soin d'en rédiger les invitations et de les adresser à une trentaine d'hommes triés sur le volet. Ce jour-là, elle convoquait ses protégées, surtout les nouvelles, afin que chacun puisse faire connaissance avec sa petite famille. Lors de cette réunion, tous les hommes n'étaient pas nécessairement des clients, ni toutes les filles à vendre. Il s'y mêlait d'anciennes relations, des nouveaux venus et des vieilles dames polonaises qui, se souvenant des parents d'Angelica, lui donnaient encore du « princesse », sans se douter, du moins le prétendait-elle, de sa nouvelle profession. Orsini ne manquait jamais ce grand moment et, cette fois, il avait insisté pour que je l'y accompagne. Son insistance ayant suivi sa promesse de me faire revoir Aurore, j'étais certain de la retrouver en cette circonstance. Pourtant, elle n'était pas là.

En revanche, il y avait ce Canteleu dont j'avais oublié les cheveux plaqués et l'allure satisfaite. Il me reconnut aussitôt. Son regard, d'abord méfiant, se radoucit dès qu'il perçut mon malaise.

— Allons, nous sommes presque devenus des amis ! Et, maintenant, nous sommes quittes...

Il m'entraîna sur une terrasse où on nous proposa à boire. Il voulut trinquer.

— Bienvenue dans la confrérie !

Il me sembla qu'une vie s'était écoulée depuis notre première rencontre.

— Croyez-moi, reprit-il, les hommes qui apprécient Aurore forment une vraie confrérie... On se flaire tout de suite, on échange des informations, on se console...

Puis il me parla enfin de ce qui s'était passé au début de l'été.

Aurore l'avait effectivement appelé peu de temps après qu'elle m'eut quitté. Elle avait besoin d'argent. Il lui avait proposé, en échange, un petit voyage et, ensemble, ils s'étaient rendus à Spolète pour y entendre une *Traviata.*

— Vous connaissez la passion d'Aurore pour l'opéra. Elle était ravie...

Mais, après quelques jours, elle en avait eu assez, et elle était partie. Il riait franchement.

— Cette fille est incorrigible ! Ce qu'elle préfère, c'est s'en aller...

Il comprit que, pour ma part, je n'avais pas pris les choses aussi légèrement. Il fit l'étonné.

— Vous étiez donc amoureux ?

Et là, il sembla aussi navré qu'il l'avait été, autrefois, en apprenant que je n'exerçais aucun métier. L'amour et l'oisiveté devaient être, pour lui, deux péchés mortels.

Canteleu était vaniteux et sans grand caractère. Il avait une bouche vicieuse. Son regard glissait de telle sorte que je ne pus, de tout notre entretien, décider de la couleur de ses yeux. La vision de son corps enlacé à celui d'Aurore ne me lâchait pas. Il me raconta, sur un ton d'évidence, des choses horribles. Puis il crut deviner, dans mon trouble, la preuve de son ascendant, et il s'enhardit :

— Vous savez, Aurore m'est un peu soumise... Elle adore s'en aller, mais elle finit toujours par me revenir. Ah, j'aime beaucoup le regard soumis d'Aurore quand elle revient ! Je lui offre alors un bijou dont elle n'ignore pas qu'il est faux. Comme ça, personne n'est dupe...

J'aurais pu le tuer. Et j'en aurais peut-être eu le courage si Angelica, qui avait dû tout observer, n'était venue nous interrompre.

— Venez, me dit-elle, vous feriez mieux de vous amuser...

Elle me désigna alors un groupe de jeunes femmes. Des nouvelles, sans doute, car elles se déplaçaient avec moins d'aisance que leurs aînées. L'une d'elles me sourit. Elle avait un visage paresseux et vulnérable. Angelica fit les présentations. Elle s'appelait Doris. Elle suivait des cours pour devenir comédienne. Il me sembla qu'elle pouvait être douce malgré sa beauté et cela suffit à me la rendre attirante. Elle portait une longue jupe fendue qui reposait sur sa hanche, en une posture d'attente, comme un rideau de scène retenu par une embrasse. Elle fut aimable sans excès. Après les propos d'usage, et comme Aurore l'avait fait quelques mois plus tôt, elle me demanda si j'étais assez riche. Ce devait être la règle chez les protégées d'Angelica.

– 81 –

L'amour donne l'illusion de connaître ceux que l'on aime tandis que le mépris où l'on pourrait les tenir, si on ne les aimait pas, procure tristement une meilleure intuition de ce qu'ils sont. C'est ainsi, malgré moi, que j'avais reçu les allusions de Canteleu. Pour lui, Aurore n'était qu'une fille qu'on paye, et il ne lui serait pas venu à l'idée de la considérer autrement. De ce fait, et selon la tournure grossière de son esprit, il avait d'elle une perception sans doute plus exacte que la mienne. Il m'avait décrit une femme que je ne connaissais pas. Et ses mots m'avaient repeint, de leurs touches vulgaires ou brutales, celle que j'avais suspendue au seul mystère de sa grâce.

Il m'avait dit, par exemple, qu'il offrait volontiers Aurore à certains de ses amis. Qu'il l'exigeait d'elle. Que cela faisait partie de leur arrangement.

— Vous devez savoir, ajouta-t-il, que ces petits jeux ne lui déplaisent pas...

Il la convoquait, il la dédommageait, et elle devait accepter ses ordres. Il prétendit agir ainsi, non par perversité, mais parce que, de son expérience des femmes, il avait déduit qu'Aurore aimait bien être traitée de la sorte.

— Cette fille ne se sent à sa place que si on la rudoie... Et dès qu'on la ménage, elle se croit menacée. En ce qui me concerne, ça tombe bien...

Il veillait également à l'humilier dans des circonstances plus ordinaires. Certaines fois, il lui annonçait qu'il sortirait sans elle, pour se rendre à une invitation ou à un dîner, car elle n'y avait pas sa place. Il y aurait là des gens importants, des femmes spirituelles, il n'était pas question pour lui de s'y montrer en sa compagnie. Aurore entrait alors dans une rage froide. Elle argumentait, elle suppliait, elle jurait qu'elle lui ferait honneur, ce dont il ne doutait pas, mais qu'il feignait de ne pas croire. Elle l'avait ainsi attendu, un soir, sous la pluie, devant la porte d'une maison où l'on donnait une réception à laquelle il avait refusé de l'emmener.

— Une fille comme elle, sous la pluie... Et elle ne m'en voulait même pas ! J'ai compris ce soir-là, en l'humiliant par hasard, que je touchais quelque chose de profond. Comme si c'était la seule façon de la tenir...

D'ailleurs, quand il prêtait Aurore à l'un de ses amis, il veillait toujours à ce qu'on la traitât avec la même sévérité. Il ne voulait pas être responsable des ennuis qu'elle aurait causés si, d'aventure, l'un ou l'autre avait cédé à un sentiment trop tendre.

Il me regarda avec pitié. Ce fut sa façon de me dire que j'avais eu bien tort de lui prendre cette femme sans m'informer de son mode d'emploi. Il se vantait peut-être. Mais il n'était pas exclu que son Aurore fût plus vraie que la mienne. Rien, d'ailleurs, ne m'assurait qu'il ne s'était pas concerté avec Angelica et Orsini pour me faire croire à l'existence d'une Aurore monstrueuse. J'eus brièvement besoin de m'en persuader. Je fis même, pour la dernière fois, quelques pas dans cette conviction impossible. Je repensai aux jardins du Palais-Royal figés sous leur lune d'hiver. Au visage d'Aurore surgissant d'un miroir. Au buisson de roses mousseuses. A nos pas accordés sous la bourrasque. Au temple de l'oubli. Aux tunnels et aux éblouissements sur la route de Gênes.

– 82 –

Il ne me resta, vers la fin de l'été, que le son de sa voix.

Une voix très pure qui avait accompagné notre tendresse et qui, plus encore que son visage, survivait dans mon souvenir comme l'ultime refuge de son âme.

Chacun dispose en lui d'une fibre qui, si elle s'était développée, aurait pu produire un être différent de celui qu'on a été. Avec Aurore, c'était sa voix. Et une autre Aurore, j'en suis sûr, aurait pu naître de cette voix.

Il suffit parfois de si peu de chose pour s'accrocher à une virtualité plus noble de soi-même. Pour l'encourager. Pour la substituer à l'identité qu'on habite par faiblesse ou par hasard.

Aurore aurait pu s'accrocher à sa voix. Elle aurait pu se régler sur ce qui, dans ses inflexions, aspirait à la clarté. Et tout son être aurait alors consenti à la contamination vertueuse dont cette voix était le foyer.

Fut-elle jamais plus innocente que lorsqu'elle me chantait ses romances ou ses airs d'opéra ?

Ne m'avait-elle pas dit, le dernier soir, au Grand Hôtel, qu'elle voulait prendre des cours de chant ?

Dans mes émotions, qui recomposaient sans cesse leur passé, ce désir me renvoyait à une Aurore qui aurait décidé, ce soir-là, de renaître à partir de ce que la vie n'avait pas souillé en elle.

Je m'en voulais ne n'avoir pas su l'aider. Je me sentais coupable. Un homme est nécessairement coupable s'il ne parvient pas à rassembler la femme disjointe qu'il a choisi d'aimer.

– 83 –

L'été, lentement, s'achevait.

Lumière moins vive. Ciel moins limpide. D'autres bruits dans l'air. Une ambiance de fin de saison.

Orsini saluait tristement le départ de ses invités. Il avait pris froid et ne quittait plus sa chambre depuis que son amant avait choisi de retourner en Espagne. Le malheureux passait des heures entières au téléphone et, les yeux rougis, il me serrait dans ses bras.

— Tu es le seul, disait-il, à pouvoir comprendre...

Personne ne m'attendait à Paris.

Depuis la fête d'Angelica, j'avais pris l'habitude de passer de longues nuits avec Doris. C'était une jolie fille un peu sauvage. Sans illusions. Elle était tombée dans sa beauté comme dans un vêtement agréable.

Elle acceptait tous mes rendez-vous et n'y arrivait jamais en retard. Très vite, elle s'était offerte avec sérieux. Par devoir, elle acceptait un peu d'argent. Auprès d'elle, je m'ennuyais, tout en ne détestant pas cet ennui qui avait un goût de médication.

Certains jours, c'est elle qui m'appelait :

— Tu as vu, il pleut, me disait-elle.

Ou bien :

— Tu ne voudrais pas dîner avec moi ?

Et, après le dîner, elle insistait pour revenir à Villefranche où elle s'endormait dans mes bras.

Elle avait une peau sucrée comme celle des jeunes filles que je fréquentais autrefois. Ses longues jambes lui faisaient l'allure fragile d'une cigogne.

Quand il fut temps de rentrer à Paris, elle me demanda si je voulais bien de sa compagnie. Jusque-là, elle habitait n'importe où. Je finis par lui proposer une chambre au fond de mon appartement.

Parfois, un inconnu l'appelait de la part d'Angelica. Elle notait l'heure et le lieu avec une moue méticuleuse.

Il m'arrivait de la réveiller, la nuit, pour lui poser des questions sur son métier. Comment se conduisait-on avec elle ? De quelles sorte de prestations devait-elle s'acquitter ? Y prenait-elle du plaisir ?

Doris me répondait dans un demi-sommeil.

La vie l'avait déjà brûlée. Elle n'en attendait plus rien. Mais ce rien suffisait à lui faire une humeur égale et douce.

– 84 –

Elle m'avait tout de même expliqué qu'une femme qui décide de se vendre a toujours besoin de déplacer sa répulsion. De se distinguer de son propre corps. De rendre agréable le dégoût qu'elle s'inspire. Et peu importe, dès lors, l'homme qui la possède.

Il est là. Il la veut. Il accepte de payer. Elle l'attire contre elle, sur elle, pour le sentir peser plus lourd que son angoisse. Parfois, elle s'amuse. Parfois, des larmes coulent. Personne n'en sait rien. L'homme est déjà loin. Elle s'est servie de lui.

Ces hommes sont sans visage et sans nom. Ils prennent juste ce qu'on leur donne. On leur offre des corps qui s'occupent tandis que l'âme, libre et souveraine, attend.

Dans cette affaire, seuls comptent l'orgueil et la solitude.

– 85 –

Autrefois, Doris avait un peu connu Aurore, et elle me parla librement des quelques circonstances qui les avaient rapprochées. Un voyage à Rome chez des amateurs qui ne savaient pas très bien ce qu'ils voulaient. Deux ou trois rencontres à Paris. Quelques fêtes, chez Angelica, à Saint-Cloud. Rien de plus. D'ailleurs, Doris s'était toujours sentie mal à l'aise en présence de cette fille si méprisante à l'endroit de celles qui, après tout, avaient les mêmes mœurs.

Elle savait, par ailleurs, qu'Aurore avait une réputation particulière. Elle acceptait, paraît-il, des choses auxquelles, pour sa part, elle s'était toujours refusée.

— Il y a des hommes qui aiment bien passer un moment avec nous mais qui ne veulent pas qu'on les reconnaisse. Ils s'adressent alors à des filles qui se laissent prendre sans savoir à qui elles ont affaire. Et moi, tu comprends, je n'ai jamais voulu jouer à ça...

Comme je n'étais pas sûr de comprendre, elle précisa :

— Oui, ce sont des filles qui acceptent de ne pas savoir avec qui elles couchent. On les masque, on leur met un bandeau sur les yeux, et elles attendent dans une chambre...

Aurore était de ces filles-là. On en rencontrait rarement. Elles formaient, dans leur milieu, une véritable secte.

— Tu trouves ça normal, toi, des filles qui se conduisent ainsi ?

Doris guettait une approbation que je n'eus pas la force de lui donner tant mon esprit, à ces mots, fut happé par un tourbillon d'images et de dégoûts. Mon passé, d'un seul coup, cessa de se modifier puisque tous les gestes d'Aurore y avaient désormais un sens. Il craquait comme une mer saisie par la glace.

– 86 –

L'automne fut bref. Les mois passèrent. Il ne me fut pas très difficile de retrouver le cours de mon ancienne vie. Je sortais à nouveau. Je voyais des amis pour lesquels j'avais disparu depuis longtemps et qui m'accueillirent comme ils s'étaient arrangés de mon départ. Partout, des habitudes m'attendaient. Il suffisait de paraître, de parler, de reprendre un rôle dont chaque réplique me revint aussitôt. Il y eut de nouveaux dîners chez Orsini. Certains jours, je passais dans sa galerie où il m'associait à des négociations délicates.

Doris vivait toujours dans mon appartement. Nous nous parlions peu. A peine quelques mots, le matin, pour commenter la couleur du ciel. Ou la nuit, lorsque nous ne trouvions pas le sommeil. Quand elle n'avait pas de rendez-vous, nous écoutions de la musique, surtout des chansons et des airs d'opéra. Parfois, nous faisions une promenade. Nous allions au théâtre ou au cinéma. Je lui présentais des gens du métier qui lui proposèrent quelques petits rôles. Pour me remercier, elle veillait sur ma convalescence.

Je revis Delphine, par hasard, dans le quartier de l'Opéra. Elle s'occupait d'une nouvelle troupe de ballet et me confia, avec fierté, qu'elle avait imaginé une chorégraphie sur le thème d'Orphée. Elle en dirigeait déjà les répétitions.

— Vous viendrez, n'est-ce pas, dès que le spectacle sera prêt ?

Je le lui promis. Cette femme ne m'avait fait que du bien et je ne l'aimais pas, tandis que j'adorais toujours celle qui m'avait détruit. On se quitta devant un salon de thé. Le flot bruyant des voitures couvrit nos paroles. Et l'obscurité, qui tombe vite en cette saison, ne me permit pas de saisir tout ce qu'elle me jeta avec son dernier regard.

– 87 –

— Souhaitez-vous toujours la revoir ?

Je n'avais pas entendu la voix d'Angelica depuis des semaines. Au téléphone, tandis qu'une pluie triste battait mes fenêtres, elle me parut plus distante qu'autrefois.

— Oui, Aurore m'a appelée... Et, en consultant ma petite liste, j'y retrouve votre nom. Vous devez vous décider tout de suite car il faut s'organiser...

Elle me proposa un rendez-vous dans sa maison de Saint-Cloud. Je n'avais qu'à y venir, quelques jours plus tard, vers minuit.

Inutile de lui poser d'autres questions. Elle n'avait ni le temps, ni l'envie, d'y répondre. Elle ajouta ceci, qui ne me surprit même pas :

— Pour le tarif, ce sera un peu inhabituel... Vous avez toujours, n'est-ce pas, ce dessin de Watteau qui fait tant envie à mon cher Sandro...

Ce dessin ne m'avait pas quitté. Je l'avais même posé, sur ma table de chevet, à côté de la Fortune de Prud'hon.

— Alors, il vous suffira de me l'apporter, et nous ne nous devrons plus rien...

Elle raccrocha avant qu'une hésitation, au demeurant improbable, ne vînt me retenir.

– 88 –

Ce qui est étrange, dans l'histoire d'Orphée, c'est son dénouement. Le héros a bravé tous les interdits afin de retrouver celle qu'il a perdue, il a pris le risque de mécontenter des dieux susceptibles, il a confondu l'ordre des vivants et l'ordre des morts au nom de sa passion, et dès qu'il triomphe en retrouvant Eurydice aux Enfers, puis en la ramenant à la lumière, c'est lui-même qui choisit de la perdre. A quoi pensait-il donc en se retournant ? Ne l'avait-on pas prévenu ? Quel sens y avait-il, pour lui, à aller dans l'autre monde, et à prétendre sauver son amante, puisqu'il s'empresse, à la dernière seconde, de la rejeter dans les ténèbres ? Cette fable, après tout, ne raconte peut-être que l'histoire d'un homme qui fait semblant de souhaiter la résurrection d'une femme. Mais qui s'arrange de sa damnation. Et qui s'en assure habilement. Et qui trouve même, en combinant lâcheté et audace, le moyen de s'offrir une douleur qui le broie avant de le libérer.

– 89 –

Quelques jours plus tard, vers minuit, j'arrivai donc à Saint-Cloud. Je m'étais préparé à cette épreuve. J'avais vidé ma mémoire de tout ce qui aurait pu y brider une froide détermination. Je m'étais appliqué, en prévision d'une rencontre dont je ne savais trop ce qu'elle serait, à travestir, sur mon corps, les indices qui auraient facilement permis de l'identifier. Je choisis un parfum que je ne portais jamais. Je plaquai mes cheveux. Je mis une alliance à mon doigt. Pendant les jours qui précédèrent ce rendez-vous, et afin de paraître différent, je m'exerçai aussi à des gestes qui ne m'appartenaient pas. Mais à partir de quel geste cesse-t-on d'être soi-même ? Et qui sait si, dans la manière de l'exécuter, il n'y aura pas encore un reste de signature plus éloquent que l'aveu qu'on a voulu masquer ? Ce fatras de ruses me parut dérisoire dès que ma voiture s'engagea dans le chemin qui menait au perron. Je ne savais pas si, dans cette affaire, j'agirais avec l'espoir de me dissimuler ou d'être reconnu.

La maison d'Angelica était, ce soir-là, illuminée comme pour une grande réception. On y entendait, de loin, une rumeur de fête qui se perdait dans le crachin d'hiver. Des lanternes, disposées depuis la grille d'entrée, ajoutaient une touche de prétention à ce décor humide. Derrière les fenêtres du rez-de-chaussée, plusieurs groupes d'hommes et de femmes dansaient dans une ambiance de cotillons. Qu'étais-je venu faire, une fois de plus, dans cette maison ? Avais-je vraiment envie d'y retrouver Aurore ou avais-je besoin, en l'y retrouvant, de la perdre à jamais ? La curiosité me poussait vers un désenchantement définitif. Mon amour, ou ce qu'il en subsistait, me retenait en arrière de moi-même. J'étais résolu et effrayé. Je faisais sans doute une expérience. Mais laquelle ? J'eus, en un éclair, la vision d'un oiseau dont la mort s'empare en plein ciel.

Je finis par pénétrer dans un grand salon enfumé où l'on avait juché, sur une estrade décorée de fleurs et de rubans, un petit orchestre formé de quelques musiciennes à peine vêtues. Elles jouaient, d'un entrain presque triste, pour une foule bruyante où certains individus, déjà croisés à Mougins, m'adressèrent des regards complices. Il y avait, par-delà une gaieté de principe, quelque chose de lugubre dans cette fête. Des hommes arrogants. Des jeunes filles dont la lassitude me fit penser à Doris. Les uns s'efforçaient de rire. D'autres versaient du champagne dans leurs chaussures. Sur un divan, près d'une cheminée, j'aperçus Canteleu. Il était entouré de deux créatures qui lui tendaient leurs seins nus et blancs. J'avais, sous mon bras, le dessin de Watteau. Personne, dans cette situation, n'aurait pu être plus ridicule que moi.

Orsini et Angelica se tenaient dans un autre salon. Ils étaient assis autour d'une table de jeu où une jeune fille, curieusement harnachée, lançait une roulette avec des gestes d'automate. Ils s'étaient, tous deux, déguisés en mandarins chinois. Longues tresses postiches, pommettes rougies, visages fardés au blanc. Orsini me fit signe d'approcher. Il prit brutalement le dessin qui m'encombrait.

— Je savais bien que tout finirait comme ça...

Il l'observa en ricanant.

— On devra tout de même enlever les taches de sang...

J'eus l'impression que mon père était le témoin de cette scène. J'entendis à nouveau ses derniers mots. Je revis sa tombe dans le cimetière de Villefranche.

Orsini remercia Angelica qui, sous son fard, lui répondit avec modestie :

— C'est la moindre des choses. Je te devais bien ça...

Pourquoi avait-il tant souhaité récupérer ce dessin ? De quelle dette s'acquittait-elle en le lui offrant ? Aujourd'hui encore, je ne le sais pas.

Puis, revenant à moi, Angelica leva un doigt vers le plafond.

— Votre Aurore est au-dessus. Elle vous attend. Enfin, elle attend quelqu'un qui va être vous...

De toute façon, il était trop tard pour revenir sur mes pas. Quelques noceurs intrigués firent cercle autour de moi. Dans ma confusion, je crus qu'ils m'encourageaient en répétant les paroles d'Angelica.

— Elle t'attend ! Elle t'attend ! Elle t'attend !

Avais-je donc basculé dans le cauchemar qui avait effrayé Aurore à Vézelay ? Et qui aurait pu me jurer qu'en m'en faisant autrefois le récit, elle ne m'annonçait pas le moment qu'il m'était enfin donné de vivre ? Mais je me trompai. Les noceurs étaient seulement curieux du nouveau venu. Me trouvaient-ils à leur goût ? Allais-je gâcher leur fête ? Le temps, avec ses boucles, tissait et retissait sa toile. Il recyclait les êtres, les objets, les songes, les nuits. Il jonglait, sans intention précise, avec les désirs et les vies. Sur cette houle s'ouvraient des tourbillons qui voulaient m'engloutir.

Orsini brandit son dessin comme un trophée. L'orchestre entama un air dont l'allégresse martiale évoquait une musique d'arènes. Angelica sortit sa petite boîte en or et la porta avidement à ses narines. Après quoi, elle m'indiqua un escalier en haut duquel un domestique me fit comprendre que je devais le suivre. Il me précéda à travers un long couloir. Et il me laissa devant une chambre dont la porte était entrouverte.

– 90 –

Je ne savais pas, en refermant cette porte, ce que je devais souhaiter maintenant. Posséder Aurore comme on prend une revanche ? La haïr ? L'aimer encore ? Me soumettre ? J'aurais pu endosser chacun de ces désirs, et accepter leur logique. Mais, dès que je fus dans l'obscurité de cette chambre, tous me semblèrent également vains.

Les lanternes du perron jetaient une lueur mobile dans la pièce où je distinguai à peine des miroirs et de hauts plafonds. Sur une table, une lampe tamisée par un châle éclairait des meubles et des tentures médiocres. Deux fenêtres d'angle s'ouvraient sur le balcon fleuri qu'Aurore m'avait désigné lorsque je l'avais amenée à Saint-Cloud en ce jour de lointain printemps. La porte capitonnée retenait la musique de l'orchestre. C'était presque le silence. Et, au milieu de ce silence, sur un lit, Aurore attendait.

Elle était nue. Comme une statue un peu vivante. Un linge, noué sur sa nuque, lui masquait les yeux. Dès qu'elle perçut ma présence, elle leva une main incertaine en ma direction. Et cette main m'invitait à la rejoindre. Je n'osai respirer. Je contrôlai chacun de mes mouvements. En avançant vers le lit, j'eus tout de même le temps de remarquer qu'elle avait soigneusement plié ses vêtements sur une chaise. Et cette méticulosité à l'instant d'un naufrage, ce souci de ne pas froisser du linge avant de consentir à un rituel d'humiliation, me firent horreur. C'était la preuve d'une habitude. Peut-être d'un détachement.

Quand je fus près du lit, je m'agenouillai.

Sa bouche, son menton, ses épaules, étaient à portée de souffle. Je les vis dans une obscurité qui n'était plus de même nature que celle qui les enveloppait, à l'aube, dans notre chambre du Grand Hôtel. Ils se perdaient, ici, dans une obscurité tournée vers la nuit.

Il me sembla que quelque chose, en elle, avait changé. Des cheveux plus courts ? Des épaules plus creuses ? Avait-elle maigri ? Ses hanches étaient plus étroites que dans mon souvenir. Je lui trouvai une taille moins fine que celle de Doris. Ses jambes me parurent moins longues et ses chevilles plus lourdes. J'accueillis sans déplaisir chacune de ces déceptions.

— Comme tu es silencieux, me dit-elle...

Je retins davantage mon souffle. De sa main, elle chercha mon visage et, quand ses doigts frôlèrent ma peau, je crus qu'elle allait prononcer mon nom. Mais ses doigts, qui avaient dû frôler tant de visages, passèrent avec indifférence sur mes sourcils et mes yeux. Jusqu'à cette seconde, je n'avais jamais douté que l'on pût identifier, entre tous, le corps d'un être aimé, ou qui l'a été. Je guettai ainsi, en m'allongeant près d'elle, le frémissement qui m'aurait signalé son trouble. Mais elle reçut mes baisers comme si mon haleine et ma langue lui étaient inconnues. Et les baisers qu'elle me rendit ne témoignaient que d'une ardeur aveugle. J'étais, sous ses lèvres, un corps sans visage et sans nom.

Les amants ont, au plus profond de leurs secrets, des caresses qui ne parlent que d'eux. Je commençai donc par falsifier les miennes. Mais, déconcerté par ce maquillage qui m'avait trop bien caché, je me livrai davantage. Comment pourrait-elle ne pas me reconnaître, là, si je promène mon ongle sur ses dents ? Ou si je baise ses genoux de la façon qu'elle avait autrefois trouvée si singulière ? Bientôt, mes gestes, mes rythmes, la manière dont j'empoignais sa nuque, redevinrent ce qu'elles avaient toujours été. Mais Aurore ne s'en avisait pas.

Elle s'offrait pourtant sans retenue. Elle s'amusait sous son masque. Et sans doute prenait-elle, à ce jeu, plus de plaisir que lorsque je n'étais que son amant visible. Elle accompagna mes mouvements. Elle prononça quelques mots que je n'avais jamais entendus sur ses lèvres. Elle gémit enfin comme une maîtresse impatiente et satisfaite.

Etait-ce donc cela qu'elle s'efforçait d'obtenir à travers cette mise en scène ? Pourquoi lui avait-il fallu s'abaisser, et choisir ce vice, pour y atteindre le contentement qu'elle se refusait dans l'amour ? Tout s'acheva dans la solitude. Ce fut un instant sans au-delà.

– 91 –

Je pensai alors, en me pressant contre elle, que notre histoire aurait pu se poursuivre de la sorte. De temps à autre, Angelica aurait inscrit mon nom sur son agenda. Elle m'aurait proposé un rendez-vous. Et je serais venu à Saint-Cloud ou ailleurs pour passer un moment dans les bras d'une femme qui, de son côté, aurait cru qu'elle m'avait quitté depuis longtemps. Nous aurions même pu, tous les deux, vieillir ainsi, seuls et ensemble. Aurore n'en aurait rien su. Le destin aurait imaginé, pour nous, la passion absurde d'une aveugle et d'un muet. Cette perspective me fit sourire. Et ce sourire dut frayer, en moi, un passage pour la haine.

– 92 –

— Comme tu es silencieux, répéta-t-elle. On dirait que tu as peur...

Oui, j'avais peur. Et la proximité d'Aurore me parut soudain menaçante. Cette femme m'avait décidément trop trahi. Je lui devais trop de mensonges et de duperies. Elle s'était servie de moi pour expérimenter des sentiments qui, réflexion faite, ne lui convenaient plus. Elle m'avait capturé, affaibli, abandonné. Et cela s'achevait, par défi, avec cette cérémonie obscène.

Me venger ? Mais quelle vengeance avais-je à ma disposition ? Depuis quand un être n'aurait-il plus le droit d'aimer, puis de ne plus aimer, et de changer encore d'avis ? N'est-ce pas l'unique loi ? La conséquence de l'interminable carnage ? J'avais épuisé mes réserves de haine. Il ne me restait que le dégoût. C'est une gradation prévisible. L'amour, avant de disparaître, impose encore ses règles à ceux qui veulent s'en affranchir.

C'est alors, je crois, que j'ai eu envie de l'étrangler. Un désir violent. Elémentaire. Net. Aucune fureur en moi. Mais un agencement rigoureux de sentiments et d'idées. Mes mains se posaient déjà sur son cou. J'y sentis des petites veines qui palpitaient. Elle allait mourir tout contre moi.

Aurore, la pauvre Aurore tout enveloppée dans sa peau où perle un peu de sueur, ne sait pas qu'elle va mourir. Elle ne sait pas que sa vie va s'achever dans cette chambre triste où, comme une petite fille bien sage, elle a plié ses vêtements sur une chaise. Elle ne sait pas que les miroirs qui nous entourent, et qui se souviennent peut-être de ses accouplements anonymes, vont maintenant cueillir son dernier reflet. Il me suffira de serrer, et de serrer encore, et elle s'affolera, mais je ne la laisserai pas faire. Je pèserai de tout mon poids. Elle agonisera doucement dans mes bras. Je fermerai ses paupières. Elle ne verra jamais le regard de celui qui l'étrangle. Je n'ai pas le choix. Comprend-elle seulement, ma petite horreur, que je n'ai pas le choix ?

Et j'allais serrer sa gorge quand, par miracle, elle se mit à chanter. Sa voix, fraîche et ravissante, s'éleva. C'était un cerf-volant. Un fil de soie tendu dans le ciel. Une onde chargée de notre meilleur passé. En un éclair, je fus avec cette voix sur la route de Gênes. Sur la terrasse de Rapallo. Dans le bar où le public applaudissait et lançait des roses. Aurore, toujours aveugle, chantait cet air de Monteverdi que j'avais déjà entendu dans notre première chambre d'hôtel. Je revis le flot de lumière. Je me souvins que la mort, ce jour-là, ne me regardait pas.

La peur, la haine, le dégoût, s'éloignèrent aussitôt. Le désir de mort, qui se tenait au bout de mes doigts, s'infléchit vers un sentiment plus paisible. Je retrouvai mon calme. Avec douceur, je caressai son front. Je dénouai le bandeau qui recouvrait ses yeux.

– 93 –

Elle m'observa sans surprise. Elle n'eut aucun mouvement d'effroi. Elle voulut se recouvrir d'un drap comme si, avec la vue, la pudeur lui revenait. Son visage n'exprimait aucune gêne.

Comment osait-elle ? D'où lui venait cette audace ? Pourquoi n'était-elle pas déjà pétrifiée par la honte ?

Elle posa un doigt sur mes lèvres.

— Je suis émue que tu sois là...

Emue ? De tous les sentiments disponibles, celui-ci était le plus inattendu. Etait-ce une parade ? Une provocation ? J'admirai, au passage, ce sang-froid. Cette manière héroïque de tricher jusqu'au bout. Mais à quoi bon ? Croyait-elle vraiment que j'allais me satisfaire de cette dernière manœuvre ? Que j'allais, par crainte de la perdre, acquiescer à son prochain mensonge ? Pourtant, elle ne semblait guère soucieuse de l'épisode qui venait de nous rassembler. Prenant ma main, elle répéta :

— Je suis émue...

Puis elle reprit :

— Tout ce que tu découvres est vrai. J'ai été, je suis encore, cette fille-là. Je ne te demande pas de comprendre...

Elle se leva pour enfiler un peignoir. Elle vint ensuite s'asseoir à mes pieds et posa sa tête sur mes genoux.

— Oui, tout est vrai, et j'ai toujours su que tu me retrouverais. Je n'étais pas certaine, au début, que tu accepterais d'aller si loin. Et puis, quand j'ai vu que tu t'approchais, que tu étais tout près, que tu allais peut-être venir me chercher dans la vie que je me suis choisie, j'ai commencé à y croire. Je le redoutais. J'espérais...

Elle remit un peu d'ordre dans ses cheveux et alluma une cigarette. Je fus désarmé par tant de sérénité.

— Personne, ajouta-t-elle avec douceur, ne m'aura aimée de cette façon...

Elle remarqua alors l'alliance que je portais. Elle l'ôta délicatement avant de la passer à son propre doigt.

— Il m'en aurait fallu une autre. Celle-ci est trop grande...

Elle me parla alors d'elle-même. Des effrois qui la possédaient. Du père qui l'avait meurtrie. De l'humiliation dont elle avait eu besoin, par la suite, afin de se punir. De ce corps, enfin, qui l'emprisonnait comme une tunique désirable pour les autres et infâme pour elle.

Elle ne réclama aucune indulgence. Aucun pardon. Tout était en suspens autour de nous. En nous. Dans le salon, en bas, l'orchestre jouait une polka. Je me souvins de la membrane soyeuse qui nous isolait du reste du monde quand nous traversions la Seine. Dans l'obscurité, j'entendis un sanglot.

– 94 –

Je n'eus que peu de temps pour décider si ce sanglot était vrai ou truqué.

Il me parut d'abord sincère.

Mais il se pouvait, aussi bien, qu'il ne le fût pas.

Et tout se passa comme si, en ôtant le bandeau qui recouvrait les yeux d'Aurore, je m'étais procuré à moi-même une autre façon de voir.

J'ai hésité.

J'ai eu envie de l'embrasser. Et j'ai eu envie de fuir.

Dans le jardin du musée, je l'avais laissée partir et je l'avais aussitôt rejointe. Là, je voulais peut-être rester, et je me suis vu partir.

Elle essaya de me retenir. Je la repoussai. Il aurait suffi que je croise son regard pour que ma volonté vacille.

Je me rhabillai. Je quittai cette chambre, en

toute hâte, comme si le diable s'y trouvait. Je dévalai l'escalier. Dans le salon, je trébuchai sur quelques couples. Des noceurs enlacés dans une sarabande me suivirent jusqu'au perron. Ils étaient ivres. Des femmes me tiraient la langue. D'autres, croyant à un nouvel amusement, me lancèrent des serpentins en poussant des cris joyeux.

– 95 –

Aurore m'attendit à Saint-Cloud pendant plusieurs jours.

Puis, comprenant que je n'y reviendrais pas, elle s'en alla.

Personne ne la revit. On n'entendit plus jamais parler d'elle.

– 96 –

Plusieurs mois s'écoulèrent avant qu'Orsini ne prétende, avec son air fourbe, qu'il l'avait croisée dans une rue de Rome où elle lui avait demandé de mes nouvelles.

De son côté, Angelica voulut me faire croire qu'Aurore avait eu une mauvaise maladie et qu'elle en était morte.

Je m'arrangeai, de mon mieux, de ces deux mensonges dont je me laissai convaincre successivement, et selon le besoin que j'en avais.

Ils finirent par se confondre. Et Aurore, dans mes sensations, devint un être partagé entre deux mondes.

Certains jours, elle était vivante. Et certains jours, elle était morte.

Chacune de ces deux femmes m'était fidèle à sa façon.

– 97 –

J'ai quitté le quartier des Invalides peu après toute cette histoire. Je me suis installé dans des appartements successifs qui, chaque fois, ne me convenaient pas. J'en changeais souvent. Je pris l'habitude de vivre dans des hôtels.

Angelica et Orsini m'évitèrent. J'en fis autant. On s'apercevait dans des restaurants ou des salles de ventes. Nous n'échangions que des regards distants.

Je vendis les derniers tableaux de mon père. J'eus de moins en moins d'argent. Je fus soulagé quand il ne m'en resta plus.

Seuls quelques souvenirs, comme des braises, persistaient. De petites braises, presque froides et recouvertes de cendre. Mais qu'un souffle pouvait raviver.

Cet amour m'avait anéanti. Je ne souffrais pas. Mais le bonheur me fuyait. Ces deux illusions vont toujours ensemble.

Avais-je seulement appris à me connaître ? Oui et non. Je savais qu'une part de moi était accessible à la passion à laquelle l'autre se refusait.

Il y eut de nouveaux visages. De nouvelles femmes. Quelques sentiments. Ce ne furent, le plus souvent, que des mouvements de nerfs. J'y cédais tout de même, sans conviction, et dans l'espoir d'y retrouver des émotions nées et dispersées avec Aurore.

– 98 –

Parfois, je lui pardonnais. Et parfois, je voulais la haïr. Mais la haine, comme l'oubli, ne soulage que brièvement. Le temps, pour finir, fut mon seul allié puisque le chagrin y disparaît plus vite que la beauté. Et puisque le jour vient où l'on observe ses vestiges comme les ruines d'une civilisation ensevelie.

– 99 –

Certains soirs, quand ma mélancolie se précise, je m'allonge sur un lit et j'observe le plafond. Je revois le ciel vaporeux et mauve qu'Aurore avait fait peindre lorsqu'elle était arrivée chez moi. Je me souviens de la place des Ternes, de Vézelay, de Rome. Je suis retourné dans chacun de ces lieux. Ils m'ont accueilli, chaque fois, comme des théâtres indifférents. Au printemps dernier, je suis même retourné au Grand Hôtel. Rien n'avait changé. Les escaliers usés. Les cyprès. Les allées d'absinthes et d'acacias. Le port et ses mouettes furieuses. J'avais demandé à Doris de m'y accompagner. Et, afin de tout exorciser, j'y avais réservé la chambre que j'occupais un an plus tôt. La Fortune était dans mes bagages. En partant, je l'ai laissée devant un miroir. Sans doute s'y trouve-t-elle encore.

DU MÊME AUTEUR

LES ENFANTS DE SATURNE, Grasset, 1996.

Imprimé en France sur Presse Offset par

BRODARD & TAUPIN

GROUPE CPI

La Flèche (Sarthe).
N° d'imprimeur : 11605– Dépôt légal Édit. 18860-04/2002
LIBRAIRIE GÉNÉRALE FRANÇAISE - 43, quai de Grenelle - 75015 Paris.
ISBN : 2 - 253 - 15267 - 6

31/5267/5